蟋蟀之歌

孫石熙 손석희 著
胡椒筒 譯

韓國王牌主播孫石熙
唯一親筆自述

풀종다리의 노래

目錄

第四章　布條下的希望

導讀　新聞須引領公眾思考，讓世界得以轉變

駐韓獨立記者／楊虔豪

近來，若隨便找南韓民眾詢問：「當下讓你印象最深刻的線上主播是誰？」我想大家都會異口同聲回答「孫石熙」。

會有如此反應，我相信絕非他的出色外貌——儘管已六十三歲，他仍保有令包括同齡中年男性與所有女性稱羨與仰慕的俊俏容顏，播報新聞的嗓音卻低沉不帶情感，相較風格誇張的臺灣主播，更顯冷酷——更重要的是他的實力與精神，能在短時間內反應、在直播現場中對受訪者交叉追問、點出新聞事件背後的核心意義，以及在批判與揭弊的前線中，阻擋權力並與其衝撞。

出身MBC，現為JTBC電視臺社長與當家主播，在當時各家電視臺不是倒向保守派，就是受政府箝制的情況下，孫石熙領軍的採訪團隊，毫無禁忌與灰色地帶的衝鋒陷陣採訪，首先發現朴槿惠總統密友崔順實的平板電腦，揭發親信干政案與層層特權貪腐內幕，最

後引爆民憤，導致朴總統被彈劾下臺。

我曾採訪過MBC電視臺罷工，也是首位以華文介紹孫石熙與JTBC事蹟的記者，更翻譯過JTBC記者撰寫的書籍。在南韓跑線這幾年，我恰好見證三大無線電視臺（KBS、MBC、SBS）最後的風光歲月，目睹承襲自八〇年代軍事政權、贏得大選而重返權力核心的李明博與朴槿惠兩朝，箝制新聞自由，導致無線電視臺公信力與影響力沒落。這段黑暗期，出現了孫石熙，改寫了南韓歷史。

政府箝制言論，媒體不自主的黑暗年代

孫石熙初入媒體界，是距今遙遠的黑暗時代。軍事強人全斗煥在一九八〇年發動政變上臺，為有效率管控媒體口徑，強行整併紙媒與電視臺，媒體數量驟減，電視與廣播只剩KBS與MBC，原本MBC為民營電視臺，有多家財閥持享股份，卻被強制獻納給軍政府，後交由KBS持掌。

兩大電視臺中，MBC的節目尺度與言論走向比起國營的KBS，稍微自由與靈活，包括新聞在內的各種節目收視率也普遍優於KBS。但軍事獨裁政權對媒體內容審查極嚴，不僅新聞受控，就連戲劇播到一半，若不合當局口味，也會被「腰斬」，說到底，電視臺只有「擁戴政府」和「極力擁戴政府」的區別。

當時兩大臺晚間新聞都在九點播送，倒數四秒報時「滴－滴－滴－叮」，進入整點，主播開場問候接著下一句，必是「全斗煥總統今天……」，每晚新聞皆把全總統的動向、指示或發言刻意放在頭條開始連續報導，因此被稱作「叮全新聞」。每逢總統出訪各國「拚外交」，不論是去美國還是非洲，電視臺必定加大篇幅，甚至延長時間「集中報導」。

總統的言行舉止成為電視新聞報導核心，壓縮其他應被反映的社會議題能見度，而反政府示威或批判當局的聲音不是無法播出，就是被極盡醜化。八〇年代中後期，孫石熙就是在如此受壓制的環境下開始了採訪與主持工作，並先後主播MBC夜間與週末晚間新聞。

民意促使政府讓步，走向民主化

一九八七年夏天，群眾要求實行民主、史稱「六月抗爭」的反政府示威，如火如荼展開。電視新聞對集會的偏頗與妖魔化報導，引來憤怒，僅有的兩大電視臺記者在集會現場採訪時遭示威者謾罵、甚至被丟擲石塊，也讓前線記者體認到民間要求公正報導的迫切。

在龐大民意壓力下，全斗煥被迫放下權力，由其指點的接班人盧泰愚頒布「民主化宣言」，宣布於同年底實施總統直選，並釋放政治犯、保障民眾基本權與政治活動；對媒體界來說，最重要的莫過審查解除，新聞自由得以恢復。而年底大選，在野勢力分裂為金大中與金泳三兩大陣營，互不讓步，讓承襲軍部勢力的盧泰愚得以「鷸蚌相爭，漁翁得利」。

南韓民主化後，原先ＭＢＣ由ＫＢＳ把持的股份，另新設公法人組織「放送文化振興會」（簡稱「放文振」）管理，這讓ＭＢＣ成為具公共性質的電視臺。「放文振」等同電視臺董事會，由青瓦臺與朝野共三方，各推三人組成，但因總統府與執政黨立場通常一致，兩派相加即過半，肇下日後「誰當權誰就能掌控電視臺」的禍根。

而「獨裁者的接班人」成為首任民選總統，ＭＢＣ名義上「公共化」，但「前朝班底」仍持掌電視臺經營層與各部門決策核心；當時的ＭＢＣ社長黃善必，在全斗煥執政期間先後擔任青瓦臺公報首席秘書官，接著又被欽點，空降管控電視臺。

工會永不放棄的抗爭，加速媒體改革

民主化後，南韓多家報社與電視臺職員紛紛在一九八八年成立工會，開始更積極爭取編採自主與公正報導，作為主播的孫石熙也活躍其中。ＭＢＣ工會於同年發動史上首次電視臺罷工，孫石熙此時歷經一番天人交戰——夾在和他站在一起、要求擺脫新聞干預的抗爭同志，與決定他能否出鏡露面的親經營層主管間，他得抉擇，是否要在胸前戴上寫有「公正報導」字樣的黃絲帶，播報週末晚間新聞，以表對經營層的抗議。

當時正逢漢城（今首爾）奧運閉幕前後，礙於國際觀感，盧泰愚政府不敢公然將手伸入媒體，對萌芽中的媒體工會運動睜一隻眼閉一隻眼；「初試啼聲」的罷工，最後不僅將黃社長趕走，工會更在隔年趁勢成功爭取到讓新聞報導、節目編播與播送技術等三大局長，交由工會各提出三位人選，提請社長任命的「推薦制」，為南韓媒體運動樹立里程碑。

但九〇年代後，政府態度轉趨強硬，親政府的電視臺經營層不再對工會讓步，不僅解僱工會幹部，更要脅廢除推薦制。一九九二年九月，眼見年底大選將至，經營層又持續進逼，勞資談判不斷破裂，ＭＢＣ工會憂慮將進一步影響選舉報導公正性，於是再次發動罷工，造成各項節目縮短播送時間或「開天窗」，政府與資方卻計畫透過鎮壓來收拾。

在工會成員於電視臺大廳展開靜坐集會時，優勢戰警部隊以「非法罷工」為由，直搗電視臺逮捕工會幹部。頂著家喻戶曉的主播光環、身兼工會教育文化部長的孫石熙，也在同志及警力的衝撞中被逮捕，並收監二十多天。他被拍下戴上手銬、身穿藍色囚衣，面帶微笑地被帶上囚車，這張照片被廣為流傳，大眾開始賦予他「挺身捍衛新聞自由」、「追求公正報導」等象徵。

主持政論節目犀利，成為ＭＢＣ金字招牌

本書就是在他被釋放後隔年完成。那場令他短暫深陷囹圄的罷工，持續了五十天，包括記者與主播在內，許多工會成員直接上街發放傳單訴諸社會，也因戰警進駐電視臺，讓政府與資方飽受撻伐，最後社長崔彰鳳與工會各退一步達成協議，將局長推薦制改由勞資各派五

人共組協議會，審議節目編播有無違反公正原則，若過半數同意，即可提請社長重新任命局長；原先被解僱的工會幹部也重新被錄用，崔社長後來迫於民意壓力，黯然辭職。

罷工結束後，孫石熙歷經一段被「冷凍」的時期，才從主持晨間節目開始復出螢光幕，接著重返主播臺。這時，民營電視臺SBS亦告成立，電視市場正式成為「老三臺」局面。他之後留美並取得博士，又在MBC主持廣播節目《視線集中》與電視政論節目《一百分鐘討論》。此時的他，不再只是新聞朗誦者，而開始在節目中面對包括總統在內等朝野政治人物，冷靜提出尖銳質問，讓他就算並非晚間新聞主播，仍成為MBC金字招牌。

進入決策核心，做新聞價值的守護者

保守派的李明博與朴槿惠上臺後，政權之手再度伸入對政權具批判色彩的MBC，透過任命親政府人士干預新聞走向，使得罷工接二連三展開，孫石熙最後黯然退場，他不再像以前領銜於前線抗爭，而是選擇離開，轉戰新成立不久的有線頻道JTBC。

三十年前，作為記者與主播，孫石熙面向當權者與電視臺高層，發出要求實踐公正報導的怒吼；三十年後，他成為電視臺門面、更進入決策核心，阻擋外力的施壓干預，讓旗下記者群能奮力跑出揭弊的大獨家後，完整報導。過往他在MBC屢遭挫折的夢想，最終在JTBC實踐。

在南韓，許多人奉孫石熙為圭臬，將他視為「新聞神話」，但他不是神，也不該作為神。孫石熙能向觀眾冷靜陳述事實、在直播中對記者及各種新聞人物提問並追問，這必然奠基於過往採訪經驗與扎實地的法論思考，一定花了許多我們看不到的苦心、甚至歷經掙扎，還得加上他未變的初心。而這些，都能從他年輕時寫下的此書看到。

一位受大眾信賴的新聞工作者，從不是靠譁眾取寵，而是對當前的一切現象抱持批判性見解，挖掘各種議題，帶領公眾思考，世界才得以藉新聞工作者之力，出現轉變。

推薦序　足以拉下總統、撼動社會的媒體人力量

知韓文化協會執行長／朱立熙

韓國人應該沒有人不認識他，孫石熙，一家電視臺的晚間新聞主播，能夠連連以獨家報導砲轟總統的失政與貪腐弊端，最後迫使朴槿惠被罷免，並遭收押、求處重刑，孫石熙能開創如此局面，全世界大概沒有任何主播可以跟他分庭抗禮了。

八〇年代末，他在ＭＢＣ電視臺當主播時，我已經離韓返臺，所以我知道他，是過去六年他在ＪＴＢＣ當社長兼主播以後了。在「崔順實干政醜聞」爆發前，我對孫石熙的認知，僅止於他是一個敢於挑戰威權的主播，而且幾乎是「反政府」的急先鋒。我在政大開設的「新聞韓語」課，就以ＪＴＢＣ的新聞當教材，要求學生每週解讀他們家的新聞或專題報導。

保守媒體集團下，走出進步風格的電視臺

有趣的是，ＪＴＢＣ隸屬於三星集團旗下的中央傳媒集團，中央傳媒集團的母公司是

《中央日報》，一家以財經新聞見長的綜合性報紙，政治屬性極端保守，也被視為韓國的《華爾街日報》。若以臺灣情況比喻，大概類似中央傳媒集團同時擁有一家支持國民黨的報紙，又有一家親民進黨的電視臺，政治立場南轅北轍，但集團會長洪錫炫也給足孫石熙空間，讓他去衝鋒陷陣。

據說干政案爆發後，朴槿惠總統曾兩度把三星集團實際的掌門人副會長李在鎔找進青瓦臺面談，要求他叫中央傳媒集團會長洪錫炫撤換JTBC社長孫石熙，但是李在鎔面有難色的回報朴槿惠：「我無法干預我舅舅的事業。」朴槿惠於是又透過洪錫炫身邊的有力人士施壓，但是洪都不予理會。

洪錫炫說，政治勢力確實造成壓力與脅迫，他也坦承，縱容JTBC孫石熙對政權的揭弊，讓他在保守陣營失去了很多朋友。但他也成功的在中央傳媒集團內部，建立起保守與進步的不同企業文化，讓他頗為自豪。

洪錫炫的父親洪璡基曾當過法務部長，三星集團創辦人李秉喆延攬他進三星，請他掌管《中央日報》。他也是李秉喆的姻親，李秉喆的接班人、三子李健熙娶了洪璡基的長女洪羅喜。李健熙中風後，就由獨子李在鎔掌管三星集團。

曾在盧武鉉政府擔任韓國駐美大使的洪錫炫，二〇一八年十一月接受自由派的「基督教廣播（CBS）」的《No Cut News》節目訪談表示，他會延攬孫石熙這批「外人部隊」加入

ＪＴＢＣ，是著眼於他的代表性、一流意識與專業性。他並不設定也不干預ＪＴＢＣ的新聞方向與政策，希望它能具備獨立性與批判性，使韓國的媒體界產生地形與風土的變貌。

所以，洪錫炫可說是孫石熙的伯樂，讓這匹千里馬能夠狂奔於無際的曠野，ＪＴＢＣ才得以在短短五年間大放異彩，獨占韓國媒體的鰲頭。

深受韓國大眾信任，廣及不同世代

我承認對二〇一二年、ＪＴＢＣ創臺前的孫石熙了解並不多，因此特地問了三位韓國朋友對他的評價。

因節目而與孫石熙相識的「大韓民國歷史博物館」館長朱鎮五教授說：「他是我所認識的人當中，自律最嚴的人；在電視臺當主持人必須沉著冷靜，但實際上的他又非常溫馨、懂得為人設想。」

而韓國年輕世代又如何看待孫石熙呢？臺大社會研究所碩三的金俊植告訴我：「他是韓國最受尊敬的媒體人，以前主持的《一百分鐘討論》等節目，就已經讓他站上事業高峰，但他並不就此滿足，到了新的電視臺後又接受了更嚴峻的挑戰，以追求真相為原則，在短時間內就把ＪＴＢＣ打造成最威權的媒體。尤其他在揭發干政案中扮演了主導性角色，我認為，他展現了公正的媒體真的能夠改變世界。」

一位在臺韓商職員、臺大EMBA學生申聖贊也說：「JTBC雖隸屬於保守的《中央日報》，但在孫社長帶領下，報導內容跟《中央日報》有很大不同，滿多年輕人喜歡他。」根據「最受信賴的媒體」調查，JTBC以十九・九％排名第一，其次是YouTube為十六・四％，KBS則以十四・七％排第三；最受信賴的媒體社長中，JTBC的孫石熙社長以二十一・六％排名第一。」

由於臺灣閱聽眾對孫石熙的認識，應該僅限於少數通曉韓語、也常收看JTBC《新聞室》新聞的人，所以借用不同世代的韓國觀眾對他的評價，來評鑑這位韓國王牌主播，我認為應該是中肯且可以相信的。

讓媒體人的力量足以改變社會

本書雖然是孫石熙記錄他在MBC電視臺工作，從一路晉升到主播，以及參與工會抗爭、被捕坐牢的經歷，但文中記錄了七〇、八〇年代韓國發生的許多重大事件，包括全斗煥蓋「和平水壩」斂財、七十多名邪教「五大洋教」信徒集體自殺、韓航班機遭北韓間諜炸毀等，多數事件幾乎已被世人遺忘，本書就當成現代史來讀，也會讓人興味盎然。

孫石熙寫下這本回憶錄式的書時才三十七歲，正值當新聞主播不久，還未走到今天的成熟與威權性。但捧讀本書，不免讓我感到汗顏。臺灣有哪一個電視主播能在三十七歲時，寫出這樣的書呢？

一位傳播學者曾經批判臺灣的媒體工作者，會寫文章的都去了報社，不會寫文章才去做電視，頂多只能出版被譏為「口水書」（錄音檔轉逐字稿）的作品。但孫石熙畢業於國文系，本身就具備文字寫作能力，加上採訪實務與播報經驗，以及對新聞的熱情與鍥而不捨、追根究底的精神，才造就他今天的主播地位，甚至成為足以撼動總統地位的媒體人。

缺乏第一線採訪實務經驗、現場的歷練，絕不可能成為有深度的主播，充其量只能視為「讀稿機」，更遑論寫出一本具備眼界與理想的作品。我相信臺灣新聞圈不乏如孫石熙一樣的千里馬，卻尚未看見媒體老闆有像洪錫炫那樣的伯樂。當新聞也像綜藝節目一樣，要靠十五秒一次的收視率調查決定能否賣錢，臺灣的新聞臺恐怕再過三百年，也培養不出一個孫石熙。

當然，我輩媒體人自己更要具備挑戰威權的勇氣，拒當政治人物的傳聲筒，更不能依老闆的意識型態發聲、只為反對而反對，藉由孫石熙的堅持理念，期與臺灣媒體人共勉。

推薦序　真假難辨的社會，需要一個對自己誠實的新聞人

「轉角國際」專欄作者／阿潑

我在十二歲那年，立志成為一個記者。這個志向萌生於那年春天。不太確知是從那個時間點開始跟上新聞進度，但天安門廣場前的白色巨型民主女神像在電視螢幕上豎立那一刻，專注看著電視螢幕的我很被「畫面」震撼。

彼時臺灣已經解嚴，民主化正發展，我卻是從海峽另一個爭吵的歷史現場才發現「記錄者」的重要，約莫從那時起，我開始讀報、看新聞，放學後就坐在板凳上等新聞播報，「仰望」那些在現場拿著麥克風的記者——我也好想變成那樣的人。

包含那些一絲不苟的主播在內，都以不容懷疑的語氣，塑造了某種專業的威權性。比起隱身在紙墨後頭的文字記者，向大眾展示面孔與聲腔的電視新聞從業人員，是我對這個行業最早也最具體的認識。然而，伴隨媒體開放產生的亂象，首先衝擊的也是電視新聞的可信任度。

屢創「功績」的韓國媒體界指標人物

在臺灣電視新聞專業與品質幾乎潰散之時，韓國ＪＴＢＣ社長、當家主播孫石熙仍是該國新聞界的標竿性人物——在世越號真相被封鎖之時衝到現場，花上半年記錄，逐一揭露真相、踢爆政府謊言；踹開「閨密門」的系列調查與揭弊，也讓孫石熙成為「讓總統下臺」的一號人物（這大概是記者夢想中的功勳吧）。我不免猜想，許多韓國少男少女或許和當年的我一樣，看著孫石熙在螢幕前犀利又專業的模樣，心裡也會有個聲音：「好想變成那樣的人。」

但「那樣的人」究竟是如何變成的？「那樣的人」其實是怎樣的人？觀其螢幕上的言行、姿態，看那些成形的報導內容是找不到答案的。除非，那樣的人自己述說。

我不確定孫石熙有一天是否會寫下自己的「成功」故事，但至少就目前他唯一一本親筆自述的散（雜）文集《蟋蟀之歌》裡，是看不到他這強悍的一面的。這本書完成於一九九三年，當時他不過是個參與罷工而入獄、被停職的ＭＢＣ電視臺主播，在出版社邀請下，記下他進新聞界乃至於投入罷工的經歷、想法與感受。

以新聞人之眼，見證韓國社會與媒體變革

一九八四年，退伍後的孫石熙進入韓國全國性廣播電視機構之一的MBC，擔任新聞部的社會記者，剛好遇上韓國民主運動的高潮，也見證這個媒體的變革。

MBC原是商業電視臺，但八〇年代在軍事強人全斗煥的整肅下，被迫收為國有，成為受政府控制的「公共電視臺」，直到一九八七年六月革命後，伴隨解嚴而來的社會、勞工、媒體運動遍地開花，MBC記者也籌組工會，積極進行媒體改革，並發起大規模罷工運動，要求人事與新聞自主。在工會壓力下，官方終於讓步，承諾不再操控人事，並成立「放送文化振興會」使其成為最大股東，MBC成為真正的公共電視臺——必須強調的是，事情並未到此終了，這個公共電視臺的董事，是由執政黨、在野黨與青瓦臺各自推薦三人，最後由總統任命組成，容易成為政治鬥爭的前沿，也讓這個電視臺的新聞從業者一直以來都有向高層爭取新聞自由的傳統，爾後MBC的幾次罷工，便與人事相關。

孫石熙一九八七年坐上主播臺，就遇上韓國電視史上第一次罷工，據他在本書所述，參與工會的主播若要戴上象徵抗爭的絲帶上主播臺，會被立刻撤換。他陷入百般掙扎，深感自己缺乏勇氣，第一次播報以模稜兩可的態度處理後，最後敵不過「輕易原諒自己」的折磨，戴絲帶上臺。他在文中引用尼采的話：「所謂的良心，是指「人能守護自己認為正確的，並具備肯定自我的能力。」

幾年後他再次參與罷工，這次遭到囚禁，入獄之時，第二個孩子還在妻子的肚子裡。他書寫《蟋蟀之歌》時才三十七歲，是個時常在陽臺抽菸時反思所作所為與之後決定的人。或許是這樣的琢磨，讓這部作品的每行字句、每個段落都流洩出這個新聞人的個性品貌、原則思想，甚至各種脾氣與堅持——像是不喜歡換衣服之類的——但對於社會議題的思考、行動的考量，甚至各種猶豫或錯誤，也都以穿透紙頁的力道書寫，讓本書既有一個知識青年面對世界的理想與真誠，同時又飽含一個新聞工作者的歷練與深沉。文筆優美洗鍊，內容如刃。

專業與犀利之外，最真實的孫石熙

然而對我來說，全書最有價值的地方，就是他直白地將自己的經歷與思考寫了出來，不論其政治正確與否——例如批判韓國女性無法靠自己站起來；甚至揭露自己曾是威權統治下「鎮暴」的一員。他將那些掙扎猶豫與錯誤教訓，都毫無掩飾地寫了下來。

例如這一段：「這是為鎮壓暴徒的訓練，我們當中絕大多數人退伍後還要重返學校讀書，我們不能到外面過夜、不能請假，還必須在烈日下揮舞棍棒的理由，卻是把那些即將受到棍棒洗禮的學生稱為『壞學生』。有時，人類的理性是如此脆弱，我們沉浸在根本不願釐清理由的憤恨中，渾身顫抖。」

絕大多數媒體人書寫自己的經歷故事，多圍繞著「見證時代與歷史」、「改變社會與政治」、「實現理想」、「發揮影響力」等軸線談，彷彿若非如此，自己就沒什麼可以說的了，記者這一行也就毫無價值。年輕的我很吃這一套，如今我過於世故，看待這些「正向」書寫不免很是嚴苛：歷史就留給歷史評價，但自己難道連自己的故事都寫不出真？哪個記者、哪個媒體人在職業生涯中沒有一點猶豫掙扎，沒有低頭妥協？又豈是一點錯都不犯？

在組織內的人，誰的心裡沒有衝突鬥爭？在新聞這一途，又有誰不是從失敗與錯誤中學起？孫石熙的書寫確實見證了「歷史」——處在新聞控制下的荒謬歷史。而他同時細述自己身處在這結構中，犯下的許多錯誤，例如為了跟對手競爭，在主播臺上瞎扯；例如為了配合政治的要求，只能報導真善美的畫面，不能碰觸人民的心聲；又或者，各種誇大跟虛構，只為了讓某個水壩工程被肯認——

「在那個瘋狂的年代，科學理性思考反而成為障礙。雖然我們爆發的笑聲摻雜著無力的自嘲，但說不定內心某個角落也存在著狂氣。正如謊言一再重複就會被當真，那時的我們或許已經失去自我控制的能力。播報時，我便會收起笑容，指著旁邊的模型，擔憂著千萬市民的安危和那兩百億噸水，以及被淹沒的63大廈。」

黑白模糊的時代，告解的堅定歌聲

換句話說，在《蟋蟀之歌》裡，孫石熙想給予讀者的不是主播的威權感，媒體的專業感，更不是告訴你理想性或影響力，而是告解——因為無法得到這些，所以自己要對自己有各種嚴格。比起說自己多了不起，他說更多的，是自己的妥協跟失敗。

記者應該傳遞真相，或至少還原真實。在這個已分不起真實或虛構，真新聞或假新聞的世界，至少記者得對自己的經歷誠實一點。我不知道孫石熙是否全盤告解或有隱藏遮掩，但至少在這黑白模糊的嘈嚷時代，讀這本書，會讓人多少相信這個社會一點。

各界讚譽

愈是擁有明星光環，愈需要反省能力。韓國知名主播孫石熙參與工會罷工，以致遭到警方羈押的完整心路歷程，是本書最精采動人的篇章。他自我檢視後，展現了可貴的反省能力，並且再次印證：記者的揭弊性格絕非一朝一夕冒出，而是長期累積的信念使然。

——何榮幸（《報導者》創辦人、執行長）

近年來「韓流」席捲東亞，乃至世界。一般閱聽人接觸韓國電視演藝節目愈來愈多，但了解韓國電視新聞的卻屈指可數。事實上，韓國的電視新聞工作者在爭取編採獨立、維護勞動權利方面，曾發起過幾波激烈壯闊的抗爭乃至罷工行動，而孫石熙正是其中的代表人物。

本書為孫石熙的個人傳記，對韓國電視新聞文化如迷信收視率、政府以電視愚民、公營媒體商業化的趨勢，或編採的漏報錯報，都有坦率的描寫和深刻的反省。對於同樣處在「亂

局」裡的臺灣電視圈及工作者，帶來深刻的借鏡和啟發。——李志德（資深新聞工作者）

新聞記者與消息來源的「關係」一直是個有意思的議題，它會影響報導角度、改變別人生命、決定記者前途、甚至左右主播的婚姻選擇。想像一下，若你是一個新聞記者，你會選擇以下三種「關係」的哪一種，跟你的消息來源（官員、權貴或庶民）相處？一、和諧且密切；二、不和諧也不密切；三、不和諧但密切。看過《蟋蟀之歌》，你會更懂得該如何選擇「關係」；爬梳孫石熙，你更會理解他所堅持的「價值」所在。——李惠仁（調查記者暨紀錄片導演）

孫石熙是韓國知名的新聞記者兼主播，以報導真相、揭發弊案為著。九〇年代初，韓國民主化與廣電工會運動興起，孫石熙任職於公營的ＭＢＣ，不只參與工會運動，更因罷工遭警方羈押。本書即是孫石熙當時的手札，記錄他對社會議題，包括記者角色、媒體改革、民主化等看法。

臺灣當時的社會條件和媒體生態與韓國不同，無線電視記者較少參與媒體工會或改革運動，也少了這樣的記者類型，因此本書對臺灣新聞界極具參考價值。關心韓國當代新聞史，政治變遷、工會運動的讀者，也可從中得到啟示。——林麗雲（臺灣大學新聞研究所教授）

一隻蟋蟀，因美妙歌聲遭蝗蟲大王囚禁，卻喚醒更多昆蟲傳唱森林之歌，改變了原本噤聲服從的世界。

孫石熙三十多年來以專業沉著的新聞人樣貌，訴說人民的故事、與弱勢同在，堅持以事實監督權力者，成為韓國民眾最信任的主播。這都是因為，他的理想與歌聲未曾改變。

臺灣能有孫石熙嗎？拜網路之賜，記者、名嘴、主播甚至網紅，人人都可以是那隻改變森林的蟋蟀，只是大家只想吟詠自己的歌，太少唱出人民的心聲，而且，當大王敵人的代價實在太大。

相信本書，能夠啟迪更多的人。——陳信聰（公共電視《有話好說》製作人兼主持人）

能把總統朴槿惠拉下臺、敢向後臺老闆三星開砲的主播孫石熙是怎麼煉成的？出於這樣的好奇，我閱讀了他撰寫的《蟋蟀之歌》。

本書最令我感動的故事有二：一是孫石熙和同業認為做媒體要有正確的歷史意識，因此合組研究會，鑽研近現代史，每週聚會，持續三年；二是孫石熙參與ＭＢＣ罷工，反對高層干預新聞、捍衛同仁工作權，即使被戴上手銬、逮捕入獄，也微笑以對。

我想，正是這樣的學習態度、獨立精神、道德勇氣，讓他成長為韓國最受信賴、最具影響力的媒體人。

——陳順孝（輔仁大學新聞傳播學系副教授）

八〇年代以來的南韓媒體經歷了劇烈但正向的改革，起因雖是政府的蠻橫壓迫致使傳媒結構不變，卻帶來傳媒的自主與自由。學界的客觀結論狀似弔詭，實是辯證，原因多少可從本書中推敲，為什麼「壞竹出好筍」。

第一線新聞人孫石熙的親身經歷，引領讀者進入南韓的當代社會與歷史，娓娓道來主播與記者同事們共組讀書會、參與罷工的情誼與收穫；無法不在乎收視率、但仍認為「歐洲公營媒體」值得看齊等思考。新聞人不懈的努力，才讓南韓法院終於在二〇一二年作出「公正報導為電視臺勞資關係與工作條件之基礎」的判決解釋，鞏固了新聞自由的信念。

——馮建三（政治大學新聞學系教授）

蟋蟀歌喉好、愛唱歌，會把森林裡所有故事編入歌詞中，替眾生發聲。蟋蟀的舉動觸怒了蝗蟲大王，把蟋蟀關了起來……將媒體工作者比喻成蟋蟀，我第一次聽到，也許是韓臺的文化差異（很好奇臺灣會將媒體工作者比喻成什麼？）。不過，臺韓兩地有更多相似：曾為日本殖民地，二戰後有沉冤多年的血腥鎮壓（臺灣有二二八，韓國有濟州四・三事件），曾與美國是反共兄弟之邦，都經歷過獨裁政權。

在言論受到管制的年代，主播孫石熙真誠的書寫了他們身為新聞人的思索與掙扎。即使時至今日，仍值得臺灣借鏡。

——張正（中央廣播電臺總臺長）

臺灣版序　歷史長河中，我曾經歷的短暫瞬間

記得《蟋蟀之歌》在韓國出版不到一年就面臨再刷問題，當時我強烈要求，希望不要再刷，畢竟在這本書中，我寫的大部分是個人的經歷與想法，對於出版書籍也並不懷有太大的期待與喜悅，覺得這樣就夠了。於是，這本書在韓國出版一年後就宣告絕版。二十六年間，仍不斷有人希望能再版這本書，其間大概僅有一次，我答應出版社可以極少量的再刷，送給真正需要的人。

去年收到臺灣的時報出版提議，希望能夠在臺灣出版這本在韓國都已經絕版多年的書，不禁令我大吃一驚，其他國家怎麼會關注到我這個人，我甚至也不覺得這本二十六年前出的書能有什麼用處。我猜測臺灣之所以注意到我，應該是由於彈劾前總統的新聞事件，但希望出版我從前寫的書，還是出乎我意料。

也在這個機緣下，我時隔多年又再次仔細讀了一遍當年寫下的內容，不僅感到無論過去

或是現在，韓國的政治狀態依舊在急遽快速的變化著，當時記錄在書中的一些狀況，放在今時今日來看，也絲毫不感到突兀。

最近的韓國，仍然每週都有集會在廣場舉行，廣場上的呼喊改變了政治，最終也將積極的、不停的改變社會。如果一定要給《蟋蟀之歌》賦予什麼意義，我想它不過是我自己身處在這漫長且充滿活力的歷史長河裡，對那些極其短暫的瞬間的感想罷了。

當年寫《蟋蟀之歌》時，有人問我未來是否還會繼續寫這樣的隨筆集，我斬釘截鐵的回答「不會」，直到今天也還是一直堅守著這個答案。大概是因為總能在主播臺上看到我，人們逐漸開始對我產生更多好奇。其實我也想過，也許總有一天，我會把《蟋蟀之歌》後發生的那些瞬間，也記錄下來。

前言　寫這本書

停電那天，我們點起蠟燭圍坐在餐桌前，我看到了母親的臉。我總是拿工作當藉口，已經很長一段時間沒有來看母親了。藉著燭光，我這才看清母親臉上那一道道飽經歲月的皺紋，在那燭光製造出的深深陰影下，我感受到母親大部分的憂愁都是因我而起。想到這裡，我便再也不忍去直視她的臉。

希望我把這本書送給她時，可以稍稍抬起頭來面對她。

寫完這本書後很長一段時間，我都陷在一種無力的狀態下，什麼事也做不了，就連看書和寫字也提不起力氣。雖然出版社一直催促我校稿、寫序，但我只是隨口答應，根本無動於衷。我把這種狀態視為一種對自己的懲罰——不夠資格，卻想要出書的懲罰。

我的所有思考都停止了，四肢也感到無力。就在我掙扎之時，最後一道懲罰也降臨在我身上——胃腸病。無力感並非幽靈般虛無的存在，在經歷了切實的腹瀉後，我反而更能真實感受到自己的存在了。就這樣過了一個月，我擺脫了胃腸病，現在也稍稍遠離了無力狀態。為了畫下最後的句號，我再次提起了筆。

曾有許多出版社建議我出書，但我出於對書籍固有的敬畏之心，反復考慮了一年。那麼多書籍出版問世，固然有它們出版的理由，我卻找不出為自己寫書的理由。或者該說，我表面上思考著理由，其實內心深處帶著敬畏，希望能夠擁有一本屬於自己的書。在沒有工作、鎮日關在家裡的一九九三年初，我接受了歷史評論出版社提議。做出這一決定，我相信並非出於停職期間[1]必須做些什麼的想法，而是單純源自於自己的心願。

即便我答應了出書，但直到提筆也沒能找到「為什麼寫書」的準確答案。我是從何時開始執著這個「心願」的呢？正是出於這種愚蠢，讓我從開始提筆一直到最後，都糾結在「尋找理由」上。

我應該可以講出幾個從交稿到此刻寫序期間找到的老套「理由」，但似乎沒必要講出來，因為真相有時會被三言兩語的簡短說明弄巧成拙、最終變質。因此我寧可選擇苦苦期盼，期盼讀者自己找出「理由」，且能與我找到的「理由」不謀而合，這還真是件令人緊

1　一九九二年，孫石熙參與MBC罷工，最終本人及多名工會幹部遭到逮捕，關進永登浦拘留所。出獄後，很長一段時間無法回歸主播臺。

張、興奮的事。

新聞主播寫的書，或許會讓人期待看到電視臺有趣且不為人知的故事。如果是這樣，那這本書會令大家失望；但若你並非是只把媒體當作娛樂工具的人，或許會從書中文字找到樂趣。

無論是我從生活中收穫的，抑或是過去的回憶，我都希望盡可能把它與現實連結在一起，這同時也產生了擔憂，懷疑這樣的努力會不會只始於自己的成見。遠離熟悉的地方，讓我開始懷疑自己的存在毫無意義，因此更感到不安，就請把這種不安看成是我的小心謹慎吧。

如今，我重提過去三年間擔任文化放送[2]工會幹部所經歷的事，或許這只會讓工會的大家難過。但我覺得回頭去思考才能夠消解痛楚，特別是去年漫長罷工期間發生的種種，都成為我人生最重要的一部分，因此我也寫進了書裡。

本書也「轉載」了我對社會上發生的事件看法。之所以稱為「轉載」，因為很多內容已經刊登在其他刊物上，為避免時間軸混亂，我在文章結尾處標記了寫稿時間。其中有關於「過往」的文章，雖然內容缺乏時宜性，但當時提筆寫下文章的迫切心情讓我無法割捨這些內容。況且，即便在「過往」的時代，也仍未徹底與現今的狀況脫離關係。

現在，我要說些感謝的話了。首先，我要感謝我的妻子，長期以來我一直用趕稿當作藉口不做家務，感謝她給予我的體諒。從某種角度來看，這本書的一半可以說是她完成的；還有我的兩個孩子，如今爸爸「回來」了，這讓我多少減輕了對他們的愧疚之心。等兩個孩子長大成人看到這本書時，希望我仍能無愧於己。

感謝冒險選擇我的歷史評論出版社工作人員，張斗煥社長、金允京總編，特別感謝第一次來找我的李元中、張源廷和盧珉淑。

我不會忘記，某年夏天下著大雨的深夜，我和大家吃著杯麵暢所欲言。很長一段時間，我被出版社壓得透不過氣，但也是他們拯救了我，在此也要感謝他們。

歷史評論出版社所在的筆洞小巷正巧是我擁有最多兒時記憶的地方，睽違了三十年的回憶在經過的路上不斷湧現，也成為我最珍貴的記憶。

一九九三年初秋
孫石熙

2 MBC電視臺全名為文化放送株式會社（문화방송 주식회사）。

第一章

一路上，我所收穫的

市民被水炮擊中，全都仰頭摔倒在地，
我忽然想起多年前透過催淚彈煙霧看到的太極旗，
想起我曾對自己提出的問題——
「此時，我身在何處？」

關於陽光的記憶

我所擁有最久遠的記憶是關於陽光的。

寬闊的馬路上排列成行的白楊樹，從樹葉的間隙照射下來的正午陽光，小巷裡時隱時現、孩子們的嬉笑聲……那時，我有三歲了吧？我勉強抓住了那個依稀彷彿、總想溜走的尾巴，留下了關於這個世界的第一個記憶。

最初的記憶是什麼，這是多麼重要的一件事啊。況且，我的第一個記憶在我的和平年代裡留下了具象徵性的畫面，大樹、微風、孩子的嬉笑聲、馬路和陽光帶來的光明世界。從沒人牽著的三歲孩子的手，從我第一次獨自站立、面對世界的瞬間，我便開始了對於陽光的憧憬。

七歲夏天的尾聲。

那天，母親帶著我走了大半天去找全租[3]房，最後來到一處位於筆洞小巷的住家。母親和房東太太坐在灶臺上聊天，我坐在廚房後院陰涼的地方望著天空。向日葵從生鏽發紅的鐵板另一角探出頭來，蔚藍天空下，陽光將那深黃色的花瓣照射得猶如版畫般鮮明。我從陰涼處稍稍探頭，陽光落在我的額頭上。那是我第二次留下了關於陽光的記憶。

我們在那裡住了三年半，我一直忘不掉最初在廚房後院看到的那一縷陽光。但我沒有再去看那棵長出鐵板圍牆的向日葵，因為我明白同樣的情景不可能再現，避免自己失望。

在我十二歲的初秋時候。才剛入秋，韓屋就已經很冷了，沒有開暖爐的地板冷得直凍腳，家裡的孩子掂著腳尖，在臥室和外屋走來走去。那年冬天的某個清晨，我有了第三個，也是最後一個關於陽光的記憶。那天的陽光透過陳舊的窗紙照進外屋，它包裹住我們為了取暖而鋪在地上的紫紅色被子。我在被子前站了良久，不知緣由的感傷深深烙印在我的記憶裡。

我想擁有如同陽光一般的人生，充滿光亮，只伴隨著我能夠承受的哀愁……那是我兒時的心願。回首過往的人生，或許現實與自己期望的相距甚遠，但我的期望並沒有改變。如今，對於好不容易長了見識的我來說，人生或許會對我「慷慨」一次吧？若說人生本就無法

3 韓國特有的租屋方式。房客向房東繳付房屋總值約百分之五十至七十的保證金後，無需繳付月租。房東會用這筆保證金進行投資。租屋簽約期滿後，房客可拿回全額保證金。

永遠光明燦爛，苦與甜也並非剛好各半，那麼我應該也能對自己此前的人生釋懷。

但我並非全盤相信未來還會擁有那種「慷慨」，我會繼續熾熱的過人生的後半段，去守護兒時從陽光的回憶裡看到的希望。

一路上，我所收穫的

不久前，六歲的兒子求用開始著迷於往存錢筒裡放硬幣，小小年紀不可能知道金錢的魅力，他應該是體驗到了「我的東西」越來越多的滿足感。求用時不時會伸手跟我要五十元、一百元，起初我並不在意的給了他，最近覺得應該教育他一下，於是提出條件。一天當中不管發生任何事都不許哭，再不然就是要看多少書。等他對提出的這些條件失去興趣後，我又開始跟他打賭。例如，去奶奶家回來時，如果他在車裡不會睡著，就給他一百元。但如果睡著了，就要反過來給我一百元。因為我不想背睡著的兒子回家，才想出這個不得已之計。求用一心只想贏我，揉著惺忪的睡眼，怎麼也不肯睡著。每當這時，妻子就會瞪我，但我總強詞奪理的說「這也是教育」。就這樣，求用的存錢筒開始有了一定的重量，但他沒有存了錢要買什麼的慾望，只是盲目的「存」。這對孩子來講，無疑是一件很有意義的事。

我也有過因存硬幣而感到很滿足的回憶。那時我比求用大，約是國中時。

當時，我住在安岩洞，每天公車要坐六、七站、翻過彌阿里山坡才能抵達學校。但我每天走路上學，然後把每天的車費放進存錢筒。這樣做並沒有什麼明確目的，只是看到存錢筒裡的錢日益變多就很開心。而且，我覺得走路很有意思，我對這個世界的思考方式有滿大一部分是在那條專屬、完美的通學路上磨練出來的，這不是比去擠那輛連門也關不上的客滿公車更好嗎？提到那個存錢筒，就不能不說說那條通學路線了。

國中畢業後又過了很長一段時間，那條每天走的路還是令我難忘。從安岩洞沿著普門大路一直走，經過誠信女子大學直到彌阿里山坡，走過長長一段山路、翻過山頭，再走一會兒就是學校了。若以正常速度走要三十多分鐘；如果走得慢，就要五十多分鐘了。那條路帶給我的快樂，有別於看著存錢筒裡的錢日益增多的快樂，特別是快要抵達彌阿里山坡前的那段路。那條路雖然很寬，但當時還是條沒有修過的泥土路，寂靜得連一輛車都沒有。路的兩側排列著矮矮的韓屋，另一頭的路旁種著白楊樹，時不時還會在路中間看到垂下枝葉的柳樹，以及遠處山丘上的教堂。

我清楚記得傍晚回家時，路中間那棵碩大的柳樹就像個披頭散髮的女人站在那裡，每次從它下方經過，我都揪著一顆心。那時，我第一次知道晚上的樹看起來最可怕。那條路彷彿脫離了兩側混亂的世界，像是一條通往過去的路，彷彿我很久以前走過，卻又是記憶裡不存在的世界。那條路彷彿可以離開今生通往另一個世界，但又會抓著我的後領把我拽回現實世界。穿梭於過去和現在的這條路線就是我每天的必經之路。

小兒子出生前的去年初夏，我特地帶妻子和求用來到從前通學時走的那條路附近吃晚餐。飯後我帶著毫不知情的妻子和兒子一起走了那條路，初夏夜晚的暖風輕輕圍繞著我們一家三口，我難得有心情回想起珍藏在心底的那段記憶。但就像物理時間的重量總是會背叛人的記憶一樣，二十多年沒走過的路早已不同以往，路修得乾淨整齊，許多車輛奔馳在通往彌阿里山坡的路上。路中央的那棵大柳樹也不見蹤影，大部分的韓屋都變成雙層洋房，前往誠信女子大學的路上出現很多家咖啡廳。唯一不變的只有山坡上那間爬滿長春藤的教堂。唉，原來世界變了，只有我的記憶還是那麼固執。

我認真講述以前走過的這條路的原貌給妻子和兒子聽。塵土飛揚，散發醬湯味的韓屋，夏夜從柳樹下經過的恐懼，還有漫天飛雪後，一切被白雪淹沒的寂靜之美……但不會有人明白的，兒子也不可能理解他爸爸在將要懂事時的年紀，往返在這條路上時所產生的想法，以及留下的回憶。

那條路我整整走了三年，兩個存錢筒也都差不多存滿了。告別國中——不，應該說是告別了那條路以後，存錢對我而言也就沒有必要了。

高二，十八歲的那年春天，我決定打碎那兩個珍愛已久的存錢筒。十幾張紙幣算在一起有四萬元，加上家裡給的一萬多，我用那筆錢買了一臺廉價的組裝式留聲機。或許在別人眼裡那筆錢不算什麼，那麼大的人了還抱著存錢筒也很奇怪，但不管怎樣，我用那筆珍貴得不得了的錢填補了自己小小的虛榮。

我像供奉神位似的小心翼翼使用著留聲機。每次搬家都會抱著它、把它放在膝蓋上，家人也看得出我很珍愛那臺留聲機。有很長一段時間，它給我帶來的歡樂和安慰是其他任何事物都無法取代的。那沒有生命的物品也許是感受到了主人的用心，就算偶爾出現故障，隔天也會神奇的再次發出正常的聲音。

從我高中畢業後考上大學，退伍後直接就業，直到結婚前的十五年裡，那臺留聲機一直陪伴著我。結婚前，我買了一臺新的留聲機。當我反覆撫摸著那臺即將退役的舊留聲機，回首年輕歲月，才發現我的傷痕都留在了它身上。

有了留聲機後，我最初買的兩張唱片是喬治・蓋希文（George Gershwin）的《藍色狂想曲》和曼托瓦尼（Mantovani）的電影音樂輯。現在回想起最初放下留聲機針的瞬間，還是能感受到當時的興奮。那臺留聲機總會讓我想起國中時走過的那條路。

不知道求用覺得「存錢很有趣」會到什麼時候。或許日後，他會發現自己辛辛苦苦、一點一滴存下的錢還不及有錢人家的小孩一個月，不、一個星期的零用錢多時；如果他明白了這就是顛倒了的世界，並因此感到沮喪的話，我會再次認真把我走過的路、存下的那些少少的錢，以及用那筆錢買的廉價留聲機講給他聽。

我的社會史時光之旅

我所經歷的（雖然這樣表達並不貼切）四一九[4]給我留下了非常鮮明的「顏色」。按照韓國的年齡算，當時我五歲[5]，住在中央劇場後邊，行政區歸為苧洞的明洞入口附近。雖然那裡是市中心的中心，但當時不像現在都變成了商業區，還是有些住家聚集。社區裡有十幾個跟我差不多大的孩子，我們這些小不點是每天聽著明洞聖堂的鐘聲長大的。

那天早上，大人命令我們不准出門去明洞街上玩。我們被囚禁（？）在家中時，外面正發生著五歲孩子絕不可能知道的重大歷史變革。我們可以感受到的只有呼喊聲和槍聲，那些

4　四一九運動為一九六〇年三月起，由韓國中學、大學生和勞工領導的學運。時任韓國總統李承晚在第四任總統選舉時作票舞弊，導致學生及民眾抗議，最終推翻了李承晚的獨裁統治。

5　韓國計算年齡方式類似臺灣的虛歲概念，自出生起為一歲。到隔年一月一日又多加一歲，變成兩歲。

「吵雜聲」一直延續到翌日也沒有停止，我捺不住無聊爬到醬缸上往明洞聖堂的方向望去，看到至今也難以忘卻的情景。

我看見聖堂旁的聖母醫院，身穿白袍的天主教醫大生扛著參加示威而中槍身亡的學生從坡道跑下來，雪白的白袍上流淌著鮮紅的血。

一年多後，我在那裡又目睹了完全不同的顏色。那天一早，社區裡亂成一團。我和朋友們在中央劇場前的空地廣場（現在廣場擴建成馬路，劇場前變成狹窄的人行道）玩耍。我們看到幾輛卡車和坐在上面的軍人，他們穿著和美軍一樣的卡其色軍服。那天大人們聊的都是穿著軍服的軍人，但我並未察覺到他們的言語間透露著焦慮不安，只記得鐵黃色卡車和坐在上面飛馳而過的軍人。對我而言，五一六軍事政變[6]就是卡其色軍服的顏色。

又過了三年，我九歲，仍住在市中心的筆洞。天氣進入酷夏，我和朋友跑到社區的後山（對我們而言是後山，其實是首爾中心的南山）玩耍時，家門前的退溪路又爆發了另一場攻防戰。

我們爬上岩石觀看比玩遊戲更有趣的示威遊行，那些站在警察後方看熱鬧的人如果運氣不好，還會遇上隨風吹來的催淚瓦斯，一時之間大家都氣喘吁吁的分散、跑進小巷裡。對我們這些孩子而言，沒什麼比那場面更值得一看的了。在警察發射的催淚瓦斯煙霧之間，我看見太極旗在飄揚。

攻防戰持續了數日，催淚彈和石頭仍舊漫天飛舞。警察的對立面總是能看到太極旗。那場攻防戰的一方是附近東國大學的學生，他們源源不絕的從大韓劇場後巷衝出來，賣力高喊口號。

多年後，準確的說是二十六年後，我從日本攝影師出版的攝影集裡又看到了那時的太極旗。「東國大學生遊行」的照片說明可以看到掉到河溝裡的太極旗、被雨淋濕的太極旗，還有某位熱血青年手中握著的太極旗。那些照片作為六三學運[7]的象徵，讓存於九歲孩子記憶中的催淚瓦斯和太極旗又重新鮮明起來。日本人拍下那些照片放在攝影集裡，不禁讓人感到心痛和諷刺。

五年後，我成了國中生。進入有史以來第一次用「轉銀杏[8]」入學的國中（翌年便改用

6 一九六一年五月十六日，韓國陸軍第二野戰軍副司令官朴正熙少將及其侄女婿、韓國陸軍官校中校金鐘泌發動了武裝軍事政變，推翻了短暫實行民主的「第二共和國」，朴正熙成立軍政府，成為總統。

7 一九六四年三月到一九六五年九月，爆發歷時一年六個月、參與人數超過三百五十萬的學運，抗議朴正熙軍事政權和反對恥辱的韓日會談。一九六四年六月三日，朴正熙下達緊急戒嚴令，鎮壓漢城（今首爾）的大規模集會，拘捕大批學生和市民，很多大學因此面臨停擺危機。

8 一九七〇年，朴正熙廢除國中聯考，由學生親自搖轉箱子，箱內裝有寫數字的銀杏，根據銀杏上的數字決定學生分發的國中。

電腦抽籤，所以我們是獨一無二、用轉銀杏升學的孩子）。學校不肯錯過成為一流學校的良機，強迫我們讀書到凌晨。「七一五解放」（前一年學校宣布免試入學，我們稱之為七一五解放）的喜悅只是暫時的，面對學校每天的高壓訓練，一年級的第一學期剛結束，我便感到力不從心。就在此時，世界又再次亂成一團。

入秋後，新學期開始。雖然聽說又有大學生走上街頭，但在家附近上學的我已經不像當年那樣擔心會吸到催淚瓦斯了。那年整個秋天，我什麼也沒看到，直到冬天快接近尾聲時，忽然有一天，我們可以不用去逼迫我們讀書到深夜的學校，因為那天是國民投票日，據說如果有人不去投票，社區的統長、班長[9]還會記下名字上報。

那天，大人們聊的都是同一件事。

「雖說如此，可除了他也沒有別人了啊，再做一次又能怎樣？」

在我的印象裡，三選改憲[10]給人們留下了消極和屈辱這兩個詞。當然，我當時並沒有關注這件事。

三年後的十月十七日，那個「一次」變成「至死」[11]。面對已經是高中一年級的我們，社會科老師只在黑板上寫下「維新」兩個漢字，沒有多作說明。但他每次上課，都會朝青瓦臺的方向深深的鞠躬行禮。

「閣下！祝您萬壽無疆！」

我們知道那是一種諷刺。又或者說，大家都知道除此以外，老師已經沒有其他能向我們傳達訊息的方式了。而老師朝青瓦臺方向問安時，我們能表達理解的方式也只有哄堂大笑。每次社會課都會上演這奇妙的儀式。或許正因如此，我們才初次萌生了社會意識。至今我還記得老師彎腰鞠躬起身時，臉上那一絲冷笑。

之後又過了很長一段時間。我一直過著搖擺不定的日子。《東亞日報》拿不到廣告，只能印白紙出刊時，我買了廣告，在報紙上登出鼓勵廣告[12]，不知道那是出於我的意識還是義氣。總之，除此以外我對那段歲月幾乎沒有留下什麼回憶。

十二六事件[13]發生時，我是軍人。為求軍旅生涯的舒適，入伍前先學了打字，那時我正以新兵身分在軍隊接受後期訓練，某天站夜哨看到幾名女兵在抽泣，才知道總統死了。他的

9 行政區畫分的單位，現在較少見。統（통）類似「里」的概念，班（반）在統之下，管轄人數更少。

10 朴正熙更改憲法，將總統只能連任一次的限制改為可連任兩次。

11 一九七二年十月十七日，朴正熙發布「非常戒嚴令」，宣布全國戒嚴，現行憲法作廢，史稱「十月維新」。隨後頒布《維新憲法》，主要內容包括將國民直選總統制改為由統一主體國民會議間接選舉，並廢除總統連任限制。

12 一九七四年，《東亞日報》發表〈實踐新聞自由宣言〉抗議朴正熙政府獨裁控制媒體。政府要求企業不能在《東亞日報》上刊廣告，為此《東亞日報》就將廣告版面空白出刊以示抗議，更引發民眾自發性捐款刊登廣告。

13 一九七九年十月二十六日，朴正熙遭暗殺。

死意味著社會課老師祈福的萬壽無疆也成了泡影。

那天早上，新兵們來到附近區政府大樓搭建的焚香所燒香、致哀，女兵一直哭泣著。走在睽違已久的首爾街頭，清晨的大霧把一切蒙上了灰色，霧裡夾雜著晚秋的冷空氣，籠罩住整個世界。國家進入緊急狀態，據說連新兵也要派去前線，這讓我們更加憂愁。那天連前方的一寸都看不清，大霧就這樣留在我的記憶裡，或許是巧合，不知是誰把那天以後的政局形容為「迷霧政局」。

緊接著的十二月十二日夜裡，仍在站哨的我聽到國防部大樓那邊傳來機關槍的聲音。雖然我是軍人，卻對辨別槍聲一竅不通，起初還以為是軍營鍋爐房傳來的機器聲。很久後才得知，那天夜裡就近在咫尺的地方，防守在樓頂的首警司向來接手國防部的空降兵力開炮，再次讓歷史變得崎嶇、倒退。翌日，空降部隊正式進駐，不分晝夜威風堂堂的在營內穿梭。國防部和陸軍本部的憲兵一夜之間淪落成勤務兵，他們像原本拿槍那樣改拿起掃帚。那年冬天，營內風景發生了改變。

七〇年代快結束的年底，距離聖誕節還有兩天時，我被分配到釜山的軍區。初次抵達釜山，或許是因為釜馬抗爭[14]剛結束，計程車司機和市民看到我這樣的軍人都沒什麼好臉色。

我在那裡度過的第一個春天，從作戰處收到的電報「目睹」了五一七和五一八[15]的歷史悲劇。「暴徒」和「我軍」抗爭持續著，身為駐紮在釜山的一等兵，我們不可能知道那年五月光州的真實情況。消息一個接一個傳來，報紙和電視卻沒有任何報導。

之後差不多過了半年，我才從自故鄉光州回來的同屆戰友口中得知了當時發生的事。他說的內容沒必要在這裡重複，因為當時他人也不在光州，陳述或許會出現錯誤。但是，一直很反對他參與學生運動的父親對他講了一番話，像鐵錘般擊中了我這個對當時五月的光州毫不知情的人。

「你當時要是在，肯定也死了。所以從今往後，我就當沒生過你這個兒子。」

六月了。之後將近三個月的時間，部隊禁止我們在外過夜和請假，並對我們實施了名為「忠貞訓練」的集訓。我們用棍棒代替槍枝，站在炎炎烈日下數個小時、練習揮舞棍棒。這是為鎮壓暴徒的訓練。我們當中絕大多數人退伍後還要重返學校讀書，我們不能到外面過夜、不能請假，還必須在烈日下揮舞棍棒的理由，卻是把那些即將受到棍棒洗禮的學生稱為「壞學生」。有時，人類的理性是如此脆弱，我們沉浸在根本不願釐清理由的憤恨中渾身顫抖。

14 一九七九年十月，朴正熙執政末期，最大在野黨新民黨總裁金泳三遭執政的民主共和黨控制的國會強行褫奪其議員資格。金泳三所屬選區的釜山直轄市及鄰近的馬山市因而發動大規模示威。

15 一九八〇年五月十七日，掌控軍隊的陸軍中將全斗煥宣布全國擴大戒嚴，禁止所有政治集會活動，並拘捕了金大中等反對黨核心人物。五月十八日，他下令武力鎮壓在光州舉行的民主化運動，造成大量無辜民眾與學生死傷。

偶爾心情低落時，我會問自己：「此時，我身在何處？」

八月接近尾聲時，我們結束了整整一週、每天訓練到吐才會停止的游擊訓練。我和大家坐在夕陽西下的訓練場，心裡盤算著歸隊後要請假。就在這時，指揮官出現在我們面前，他傳達了一個令人費解、近似噩耗的消息——「你們回到自己的大隊後會接到新的任務，因此短期內取消假期。」

我們在一無所知、糊里糊塗的狀態下歸隊，果真有「新任務」在等著我們。隊裡發給我們沒有子彈的卡賓槍，然後各中隊三人一組到附近的警察局。我們接到的新任務叫作「三清作戰」，要我們去抓「暴徒」，我們分別來到廣安里和海雲臺，在酒吧和沙灘抓「暴徒」——或者應該說「像暴徒」的人。我們這些拿著槍的軍人抓來「平民」，送去三清教育隊，如果他們反抗就用槍托擊打鎮壓。幾天前，我接受訓練的游擊場改名成三清教育場，那裡再也沒有軍人，抓來的全是平民百姓，在不知道是誰創造的無形框架中接受那些「暴力教育」。那是一個悲慘的夏天。

如今，我不再是一個旁觀者。我成為貼著「社會淨化」標籤的巨型恐龍末梢神經末端幾乎看不見的細胞之一，我成為一個扭曲、玷汙歷史的「參與者」。我用那充滿恐懼的槍口指著素未平生的陌生人，用手掀起他們的衣服檢查刺青（有刺青的人被列為首要逮捕對象）。說實話，刺青成為我對那時的記憶。

又過了差不多兩年，我退伍了。很長一段時間流逝後，我發現自己再次成了旁觀者。一九八七年六月，我負責播報電視新聞，在那炙熱無比的一個月裡，我做的事只有從畫面裡「觀看」激烈的攻防戰。播完深夜新聞、下班回家的路上，看到遍地的石頭和碎玻璃，還有直至深夜也未散去的催淚彈氣味。那是我親身經歷的一九八七年六月。

但嚴格來講，那段時期的我並非一個單純的旁觀者，而是一個參與者。因為電視臺走進那場戰鬥的正中央。雖然我們是站在第三者的立場報導，石頭和燃燒瓶仍朝我們飛來，我們沒有任何防禦措施；雖然大家都知道僅有一個辦法，卻缺乏實踐的勇氣。「一九八七年的六月」不會原諒那樣的我們，所以我們成為只能挨打的「參與者」。緊接著發布的六二九民主化宣言[16]，才使得我們蜷縮的身子得以伸展開來。

四年過去。一九九一年晚春的某一天，我從市政廳前經過。一個月前在市中心街道接連數日爆發了激烈的示威遊行。參與遊行的大學生姜慶大[17]過世後，出現了自焚者，人數多得已經無法記住他們的名字。那真是一個慘烈的春天。電視新聞和報紙連日忙著統計進入第六

16 光州民主化運動後，迫於緊張局勢，執政黨民主正義黨總統候選人盧泰愚在一九八七年六月二十九日發表「六二九民主化宣言」，支持韓國民主化，並在同年十月以公投方式通過韓國的新憲法，恢復總統民選。

17 一九九一年四月，明知大學生姜慶大參與反盧泰愚政府的集會時被捕，遭毆打致死。

共和國以來最大示威集會的人數，卻沒有人能自信的說出那場抗爭的盡頭在哪裡。

政府採取了比四年前更加嫻熟的對應。

「水炮！」我聽到有人這樣高喊。

我正跟隨示威群眾朝同個方向前行，只見遠處像大炮一樣的東西朝我們調轉方向而來。瞬間，周圍的人都跑進巷子裡，對水炮一無所知的我仍舊朝前方泰然走去。我心想，這麼熱的天被水淋濕應該會很清涼吧，但事情並非我想像得那樣，當水柱從天而降、落在我頭頂上，我才知道那不是一般的水。我被摻雜催淚液體的水淋得全身濕透，睜不開眼也無法講話。接著，水炮長長的炮身對準最前面的人們，街上的市民被水炮擊中後，全都仰面摔倒在地。簡直就是一場大清掃。

抑制不住的眼淚和咳嗽聲此起彼落，在難以忍受的痛苦中，人們的吶喊聲也漸漸平息。我閉著眼睛毫無方向的亂走，就連耳朵也被堵住似的，四周顯得越來越寂靜。我走了很久，忽然想起多年前天主教醫大生在我記憶裡留下的那個「顏色」；退溪路上透過催淚彈煙霧看到的太極旗；社會課老師那譏諷且空虛的冷笑；八〇年夏天的廣安里海邊，還有那個曾幾何時，我對自己提出的問題——

「此時，我身在何處？」

咖啡瓶和女老師

最近看到咖啡瓶，我偶爾還是會想起國小三年級時的班導師。看到「咖啡瓶和女老師」，可能會讓你以為是什麼感傷往事，事實卻剛好相反。

那是六〇年代中期，很多人生活得還很辛苦。我住的筆洞除了幾戶敵產房屋[18]，大部分住家都是由水泥、磚塊砌起來的簡陋房舍。現在極東建設所在的位置過去曾是日新國民學校（現在極東大樓的地下商街仍叫「日新商街」），社區裡除了幾戶有錢人家的孩子去讀了私立的國民學校，其他孩子都就讀於這所學校。儘管如此，老師和家長們還是自豪的認為這所位於市中心退溪路上的學校是國立學校中最好的，所以他們從早到晚的敦促我們：「你們要考

18　日帝強占期由日本人蓋的房舍。

上好國中。」

孩子哪會在意這些，放學後我們便和孤兒院的孩子一起（當時戰爭結束還不到十年，學校裡有很多孤兒）跑到南山去玩了。路上如果遇到附近某私立學校的黃色校服，無端挑起是非亂打一架也是常有的事。可以說，我們共有的貧苦讓我們稍微學壞了（？），但同時也讓我們擁有極堅強的同類意識。那種同類意識也存在於社區，住水泥磚房的孩子聚在一起玩時，不會去理那些住敵產房屋、讀私立學校的孩子，就算跟他們玩在一起也會讓他們吃盡苦頭。但是，在有張永喆和金一[19]的職業摔角比賽時，我們會為了看電視，全體突然變成溫順的小羊，低聲下氣的去敲敵產房屋的大門……

直到二年級結束，我們的生活就那樣平淡地度過。要說有什麼變化，只有住著全租房的我們家比房東家先安裝了電話。同樣一無所有的兩戶人家之間稍稍打破了經濟上的平衡點（房東太太時不時還會拿反話筒、抱怨聽不清。來參加我婚禮的房東太太要是知道我還記得這件事，肯定會大吃一驚）。

就在我升上國小三年級之際，至少對我所在的三年一班的孩子而言，發生了一件漸漸瓦解我們堅強同類意識的事件，這要從擔任我們班導的那位女老師的咖啡瓶說起。

看上去年紀約四十代中半的班導從新學期一開始就會帶空咖啡瓶來上班，我們都很好奇那個貼著麥斯威爾紅色商標大玻璃瓶的用途。幾個小時後到了午餐時間，我們的好奇便順勢而解。老師在我們之間穿梭，從我們打開的便當盒裡夾走少許泡菜放進那個咖啡瓶裡。過去不比現在，當時一半以上孩子的便當配菜都是泡菜。

起初大家都摸不著頭緒，愣愣坐著納悶：「難道是要蒐集泡菜做什麼檢查嗎？」但事情並非我們以為的那樣，老師不是在檢查泡菜。當她走完大半個教室後，大家這才恍然大悟。

「天啊……老師帶的便當裡根本沒有菜！」

那些便當裡只有泡菜的同學開始竊竊私語，但老師不予理會，還是夾走了大家的泡菜。等老師巡完整個教室，那個又胖又圓的大玻璃瓶裡塞滿了各種各樣的泡菜，可真是罕見的午餐時光。偶爾有同學便當帶了煎蛋，大家會一窩蜂圍上去搶著要吃，但老師怎能搶學生的菜呢？況且還是在我們目瞪口呆、來不及做任何反應的時候……大家面面相覷了一會，接著開始狼吞虎嚥的吃起便當。老師坐在講臺上配著各種泡菜吃著飯，我們開始好奇她真的能把那一大瓶泡菜吃完嗎？整個午餐時間，我都在盼望老師能吃完那整瓶泡菜，要是剩下了，她會覺得多對不起同學啊，明明吃不完還搶來那麼多泡菜。

但我的盼望化為泡影。吃完飯，老師玻璃瓶裡的泡菜還剩一半，我們以為她會把剩下的

19 均為韓國六〇年代知名職業摔角選手。

泡菜還給我們，事實證明我們想太多了。老師把玻璃瓶緊緊擰好，然後用便當布包起來。

那天我回到家並沒有告訴家人，老師搶走了我五分之一的泡菜，也搶走了班上所有同學帶去的泡菜的五分之一。在那個生活貧苦的年代，不到萬不得已，老師怎會做出那種事？幼小的我認為要是把這件事告訴家裡，就太卑鄙了。

隔天、後天……蒐集泡菜的事一直持續著。看樣子，班上同學都沒有告訴家裡這件事。見我每天都把便當吃得乾乾淨淨，母親也很高興。這種日子持續了十多天，就在我們漸漸習慣老師蒐集泡菜時，我們的午餐時光又發生了變化。

老師蒐集菜色的等級提高了。這次老師先是跟之前一樣蒐集完泡菜後，又端著便當盒蓋走來走去，蒐集起其他菜色，醬油燒豆腐、醬豆子和醬牛肉等。沒多久，老師的便當盒蓋上堆滿同學們帶來的各式小菜。用現在的標準來看，完全就是在吃自助餐。

「天啊，那我們吃什麼啊？」

對於那些一開始就只帶泡菜的同學來說，這成了實現「經濟正義」的一刻，但對於三年一班的全體同學而言，這也意味無差別式榨取的開始。那天放學後我陷入苦惱，猶豫著是否該告訴母親這件事。她會作何反應呢？我猜不透，但最後我擅自下了結論。

「說不定母親會顧及老師的難言之隱，在便當裡多加菜呢。」

於是我對母親說菜不夠，請她幫我多加點。孩子能有這樣的想法，我自己都覺得很了不起。雖然這違背了母親希望我多吃東西、長高個的期待。

就這樣，三年一班奇怪的午餐時間一直持續著。從某種角度來看，這是幫助有困難的人、非常有意義的實踐教育，只不過對象是老師罷了。當然，這種令人費解的說法無法讓當時的狀況合理化，但不管怎樣，我們的感受大致就是如此了。可問題是，我們這種難能可貴的想法再次面臨崩解。

某一天開始，午餐時間又發生變化。這是與之前難以相較、層次完全不同的變化。那天的午餐時間，老師沒拿出咖啡瓶和便當盒蓋。同學之間再次起了小小的騷動。

「看來老師今天帶的便當裡有菜了！」

才不是那樣。老師把手背在身後，在教室裡踱步，端詳起同學們的便當，接著點了幾個同學的名字。

「李某某、朴某某，還有金某某，你們拿著便當到前面來跟老師一起吃。」

我們的感覺就像是被人從身後襲擊似的，大家不是不了解當下發生了什麼，明明有種像憤怒一樣的感情衝到了喉頭，又像是遭受到某種委屈。被叫到前面去的同學帶的便當比其他同學還要豐盛，起碼裡面都有顆煎蛋。

老師和五、六名怯生生的同學在前面吃飯，其他六十多名同學在慘淡的沉默中低頭強嚥下便當。那天之後的午餐時間，痛苦得猶如嚴刑拷打，我們每天中午都在經歷前所未有、奇異的矛盾感。我們一方面憎惡著覬覦學生便當的老師，另一方面又很想被老師叫到前面共進午餐。對於馬上就要褪去稚氣、開始懂事的孩子而言，那是多麼殘忍的矛盾感啊。

時間一天天過去，被叫到前面去的同學總是那麼幾個。家境還算富裕的幾個同學占據了老師的講臺。其他同學偶爾帶了一次像樣的便當，就會立刻被老師選中（？）叫到前面。漸漸地，家長們也察覺到我們所經歷的悲劇性午餐時間。直到那時，我對母親仍隻字未提，但她終究還是從別人那聽到了什麼。

母親很氣憤的說：「老師怎能做出這種事呢？往後再也不給你帶好吃的了。我兒子又吃不到。」

母親沒有說到做到，但我很能理解。就算發生那種事，但身為母親怎麼可能馬馬虎虎的給兒子做便當？更何況自己的兒子坐在位子上，與其他遭到冷落的同學一起咀嚼著代替了便當的自卑感，這也是母親難以忍受的。託這件事的福，我的便當變得比之前豐盛，有時甚至還會出現幾片烤牛肉。每當那時，老師就會把我叫到前面去。

並不是只有我這樣，其他同學的便當也都變豐盛了。雖然大家沒有說穿，但在我們之間似乎開始了產生某種競爭意識。每到午餐時間，大家就打開便當看著老師，我們眼中不再充滿憎惡，而是閃著哀求的目光。

緊接著，學校生活發生了可怕的改變。原本因貧苦而將我們牢牢栓在一起的同類意識漸漸出現裂痕，班上同學開始分成三類：經常被老師叫到前面去的同學、偶爾被叫到前面去的同學和從來沒被叫到前面去的同學。每個人都不富裕，細究情形又各自不同。就這樣，我們在社區、學校開始有了小團體，總被老師叫到前面去的同學，不知不覺間變成跟黃色校服一樣讓人嫉妒的對象。

變化不只這些。新學期開始後，班長、副班長和自治會長全都換了人，不用說也知道換成哪些人。雖然放學後以及在社區裡可以避開那些同學，但在教室裡他們是老師的代理人，統治著我們。從選出負責發放麵包的人到打掃廁所的人，他們都在行使無所不能的權力，如果我們有所不滿或是偷懶，他們隔天便會在「午餐會議」上把這件事報告老師，之後會發生什麼事也就可想而知了。

一個咖啡瓶徹底改變了我們的人生，唯一沒有改變的，只有我們三年一班那令人無法理解的午餐時光。

＊＊＊

說實話，我並不怨恨那位老師。她讓十歲的我刻骨銘心的懂得了人生的另一個層面。

不久前，一個當老師的朋友為了擺脫像食物鏈一般的送禮金情況，主動從江南的學校調去江北的學校。這又讓我想起國小三年一班的導師。收禮金也好，搶孩子的便當也好，雖然方法不同，毋庸置疑的是，那都是反教育的行為。

不過我還是覺得，光明正大搶孩子便當的手要比背著孩子收禮金的手更教人憐憫——我是不是愚昧的做了比較呢？

臥室裡的秋日天空

有一次，一名因《獎學競猜》節目結緣的高中生來找我。平常我很少和參加節目的學生有什麼密切交流，所以很高興見到這個學生。與他聊過天後，才得知這個學生的家境並不那麼富裕。

他提起不久前搬到了全租房，我問他是換大房子了嗎？他回答只是換到同一區差不多的房子。我問，像現在這種時候，能住全租房不是算很好了嗎？學生卻沒什麼反應，因為新搬的家過於簡陋。我開玩笑說，就算再簡陋也不至於塌下來吧？學生笑了出來。就算聽說過牛岩的公寓大樓坍塌，也很難想像他住的單獨住宅會倒。他之所以會笑出來，大概是覺得我怎能講出這種話來安慰人吧。

在這個很多人不只住著十幾億的房子，手上還有好幾間房子可以出租的社會，我為了開導這個只能搬去狹小簡陋房屋的孩子，說了我曾經住的「坍塌的家」和「漏雨的家」的故事。彷彿兒時的傷口長大後會變成引以為傲的傷疤一樣，我自豪的告訴他那些往事。聽完我的故事，他的表情似乎沒有那麼鬱悶了。看來，我的故事也不是一無是處的。

＊＊＊

十三歲時，我居住的普門洞一帶有很多韓屋，排列於小巷兩側的韓屋大小、結構都差不多，那些房子幾乎都是有錢人忽然間蓋起來、所謂的「出租屋」，所以大部分房子都偷工減料。我們家住的全租屋就是其中之一。幾年前，我們家就在那一區搬過好幾次家了。那個我十三歲時住過的家，至今全家人仍經常聊起，那是有原因的。

那天是十月二十四日聯合國日，當時韓國還不是會員國，但因為聯合國是「六二五[20]時幫助我們的恩人」，所以聯合國日被訂為國定假日。那天，我們全家圍坐在不久前剛買的電視機前看電視。前天開始下的雨漸漸小了，當夕陽快要下山，全家圍坐在臥室擺著的餐桌前時，誰也沒料到稍後將發生的事。

當我們收拾好餐桌，再次坐在電視機前，奇怪的徵兆出現了。臥室的棚頂破了個小洞，掉下來幾塊土塊。起初大家不以為意，下雨時韓屋會漏雨再普通也不過了，只要隔天買來差不多的裱牆紙修補一下就好。但慢慢的，那個洞變得越來越大，掉下來的土也越來越多。儘管如此，我們還是沒有意識到事情可能的最壞程度。

大概到晚上九點，那個洞變得差不多和人的巴掌一樣大。從那個漆黑的黑洞掉下來的土塊也越來越大。那時，全家才有了不祥的預感。

「再這樣下去，房子會不會塌下來啊？」母親掃著掉下來的土塊，冷不防說出這令人不安的擔憂，我們也跟著緊張起來。

人類的預感多麼可怕啊，哪有人會因為頂棚破了個洞、掉了些泥土下來，就以為自己家會塌下來呢？但那天我們全家都預感到房子要塌，於是大家趕緊將臥室的家當搬到廊檐。猶如傳家寶般珍貴的電視和縫紉機首先搬了出來，父親和母親找來毯子罩住衣櫃，大家找出隔天要穿的衣服。就在這之間，土塊仍持續從那個不祥的黑洞掉下來。

我們全家關上臥室的門，來到廊檐大概不過二十秒吧，我記得好像連十秒都不到。突然，臥室發出了爆炸般的巨響和震動。

嘩啦啦——哐噹——！

當時的聲音根本無法形容，難以用文字表達，那就像從痛苦深淵裡發出的怪聲，彷彿忍了很久，等到我們離開房間……那晚像信號一樣掉下來的土塊就是那痛苦的碎片吧。

20 六二五戰爭，即韓戰。

我們全體僵住，愣愣的站在廊檐正中央，那恐怖的瞬間令我們說不出話來，當時的情景就像恐怖的噩夢。怎麼會發生這種事呢？過了好一陣子，全家人才鬆了口氣，感嘆正中了那不祥的預感。母親很擔心她每天擦拭乾淨、極為愛惜的衣櫃，但掉下來的土塊和樹枝把臥室房門徹底堵死了，不管父親怎麼推也推不開。那時的父親在想些什麼呢？

那天晚上，我們躺在外屋和門房，因為另一種恐懼而徹夜未眠——「其他房間該不會也塌下來吧？」八歲的弟弟整晚戰戰兢兢。那漫長且難熬的一夜是我們全家不曾經歷過的。

隔天一早，修繕房屋的人帶著設備來到我們家。我們整夜所經歷的恐怖一早便傳遍了大街小巷，和我們住同樣韓屋的人都無法視而不見，左鄰右舍帶著半慰問半好奇的心情聚集而來。

整修工作大概進行了半小時後，臥室門終於打開，裡面比預想的更滿目瘡痍。罩著毯子的衣櫃被泥土淹沒了一半以上，只露出頂端一小部分。整個房間堆滿泥土、碎瓦片和木塊，現場猶如被炮擊過的廢墟。神奇的是，掛在牆上的鏡子完好無損，它證明了這裡直到昨天還有人居住。更令我們大吃一驚的是鐘錶，掛在牆上的鐘錶在這場混亂中存活下來，錶針準確指著早上八點。一整夜漫長煎熬的恐怖一刻不停、嘀嗒嘀嗒的走著……我抬起頭，看到了此生難忘的風景。本該有棚頂的地方出現了萬里無雲的藍天。啊，那是多麼悲傷的秋日藍天啊！

從那個家搬走後，我們又搬過幾次家。父親的事業難得遇到了順風，我們住的房子也隨之一點一點變大了。那段時間相對來講，是我年少時期中最無憂無慮的一段時光，那時住過的安岩洞的家還是將近一百坪的大房子，房子是日式建築，院子裡種著好看的紫丁香和柿子樹，甚至還有一個巴掌大的水池。當然，這與最近如畫一般的房子比起來陳舊許多，但和那個臥室塌下來的家相比，簡直就是王宮。

我們在那裡住了一年左右，在那個家留下了美好的回憶，以至於最近想起它還是會莫名感到幸福。當我們離開安岩洞再次搬回普門洞時，家境出現危機，我們搬到位於半山腰上、只有兩個房間的簡陋房子。

一九七二年八月，高一暑假快結束時，下了一場史無前例、被載入紀錄的豪雨。大雨連下了兩日，每日降雨量高達一百多毫米，導致全國發生水災。我們住在半山腰上，本以為可以不用擔心水災，但事情不像我們以為的那樣。

雨下到第二天晚上時，棚頂開始漏雨。我找來抹布鋪在地上，但沒過多久便濕透，於是又找來臉盆。這時，臥室也開始漏雨了，緊接著廚房也……打開外屋的門一看，地面已經徹底濕了，整個房子都開始漏雨。深夜將至，家裡的鐵桶和葫蘆瓢全都派上用場。此時每個房間已經不是只有一處在漏雨，廊檐三處，臥室三、四處，情況已經到了難以控制的地步。外面的雨沒完沒了的下著，家裡下的雨似乎比外面還多。

我們整夜陷在恐慌中擦著雨水，大家都想起四年前「坍塌的房子」。但不幸也是存在機率的，同樣的事情沒有再次發生在我們身上。第二天早上，全家都精疲力盡。一場大雨過後，天氣一如既往的晴空萬里，廣播裡整日播放大雨過後各地區的災情，而昨夜我們家發生的「戰鬥」，只有我們自己知道。

家裡一片狼藉，若天氣反覆無常、再下起雨來，我們也只能束手無策的淋雨了。當時生活不富裕，沒有錢去換屋頂的瓦片，我們為此想出了個好主意，找來幾張大的塑膠布罩住面積不大的屋頂。當然，這件事落在了我身上。

那天，我待在屋頂上一整日。坐在烈日直射的屋頂，我望向天空，盯著一朵正在漂移的雲，想著下面的家人，感受到腳下的碎瓦片一直在晃動。

＊＊＊

學生聽了我的故事，心情似乎好了起來。他難得來找我，出乎意料的聽我提起從前的事，可能覺得現在的處境跟我過去的遭遇相比算不了什麼吧。直到最後，我還是沒能說出那句順應現實且消極的話，「貧窮不是罪，只是多少有些不便而已。」

父親的法，父親的小歷史

六、七歲時，我在一本很舊的家族相簿裡看到一個跟我年紀差不多大的孩子。他穿得十分寒酸，身上只遮著一塊布，但從那雙炯炯有神的眼睛可以看出他的聰慧。翻看相簿時，我的視線總是會停留在那張照片上，那張照片的主角就是我父親。

我的父親是名軍人，分別在他八歲和十一歲時失去了雙親，我很難想像他是如何度過少年時期的。青年時期的父親放棄讀大學，選擇進入陸軍士官學校。後來從母親那裡得知，父親當時不得不那樣做，因為他繳不起學費。父親求助家裡的長輩，但長輩對他說：「如今你也二十歲了，是個大人了。」聽到那句委婉拒絕的「成人宣言」後，父親轉變了人生方向，入了軍門，因為那裡是「免費」的，成為陸軍士官學校第七屆新生。

父親看似是自我放棄而投身軍隊，但往後的十年歲月仍無數次的磨練著這個不幸的青年。在爆發五一六軍事政變前幾個月，父親脫下那身軍裝。當時我才快滿六歲。過了很久之後，母親才提起父親退伍那天令她目瞪口呆的事。

那天清早，母親問還不去上班的父親。「你怎麼還不出門？」

父親回答：「嗯，我昨天退伍了。」

韓戰曾自願加入特攻隊的父親，「退伍」或許是他身為軍人最後的勇氣。

父親退伍後做的第一筆生意是銷售抽水機。據說那年夏天旱情十分嚴重，父親拿出所有的錢，就連我們住的仁峴洞的房子也拿去抵押，買了抽水機。父親把抽水機全部安置在京畿道北邊的全谷，從前那裡有很多爺爺的土地，父親想用便宜價格安裝抽水機，幫助那些農民。

這是他退伍後思前想後、認為成功機率比較大的生意，但老天並沒有幫助這個想擺脫不幸的青年，更可以說老天反倒妨礙了他。抽水機安裝好的第二天就下起大雨，田裡發了洪水，抽水機也被洪水沖走。與抽水機一起被沖走的還有那些努力湊來的錢、小而溫馨的家，以及比什麼都珍貴的，父親的夢想。

從某種角度看，從那之後，父親和全家的人生都跟抽水機一樣充滿戲劇性。

我只見父親流過一次淚。父親的哥哥沒有工作，說得沒禮貌一些，他就是個游手好閒的人。雖然如此，伯父卻如孩子般單純。至今我還記得他站在我們家玄關，開朗的提著大西瓜說，原本五十元的西瓜他殺價殺到三十元。要在這樣的亂世生存，伯父的本性或許過於天真了。

伯父偶爾會到弟弟、也就是我父親的辦公室拿零用錢。十個兄弟姐妹中，年紀最小的父親和年齡相差不多的伯父最親近，所以在條件允許的情況下，父親都會對伯父伸出援手。旁人或許無法理解，我卻能明白，連在我這個才剛要懂事的孩子看來，都覺得自小失去雙親的兄弟倆中，伯父更教人憐憫。一直以來，父親都因只有自己有能力去開疆闢土感到內疚。雖說這能力並不是他從伯父身上奪來的，但幼小的我還是隱約感受得出父親的內疚之情。

在我九歲那年夏天，伯父忽然過世了。那是一個白天，久未露面的伯父來父親的辦公室。偏偏父親的事業正遇上瓶頸，他第一次當面斥責了想來拿零用錢的伯父。

那天晚上，伯父喝了幾杯燒酒，心臟麻痺離開了人世。

隔天一早，父親一臉憔悴的回到家，洗著臉時忽然停下動作，手撐在臉盆上哭了起來。從牆外照進來的晨光將父親的眼淚映襯得閃閃發亮，淚水沿著他粗糙的臉頰掉進臉盆的水裡。直到今日，每當我想起那時的父親還是會哽咽，但我無法完全體會那時父親的悔恨與難過。

＊＊＊

這樣的父親，僅有一次嚴厲的打過我。

十歲時，我養成一個不良習慣，不管什麼都忍不住想偷。兒童心理學上有顯示，這是我那個年齡段的孩子時而會出現的現象。我還不算嚴重的，但當時，所有物品都是我的偷竊目標：母親的錢包、鄰居保存的啤酒瓶、巷口小店的氣球……就連別人院子裡的向日葵也被我偷回家。長我一歲，現在已取得博士學位、當上教授的姐姐，當時也是我的「同夥」。最早發現我這種惡行的人是母親，她一怒之下用竹條抽了我。有一次，她緊緊抱住我哭著說，我沒這麼教過你啊……

後來很長一段時間，我停止偷東西，但改過自新的日子並沒持續多久，很快我又故態復萌。直到某一天，我一如往常的坐在學校前昏暗的漫畫書店裡，透過排風口看著外面蔚藍的天空，心想是時候該結束這種不安的日子了。結果回到家，發現父親手握裁縫用的竹尺，原來母親終於告訴父親這些日子我的所作所為。那天晚上，父親顫抖的手握著那把竹尺，在我的小腿上留下深深的瘀青。也就在那天，我的盜竊行為畫上了句點。

過了一段時間，在我幾乎忘記挨過打這件事的時候，父親把我叫到面前，要我用漢字寫出「法」這個字，水字旁加上來去的去。父親對我說，遵循水流動的定理，不管做任何事只要能心安理得，便與法無異。聽到這番話，我想起不久前坐在漫畫書店裡、透過通風口看著藍天，渴望從不安中解脫的感受。我認同了「父親的法」，省悟到那次父親痛打我，是為了讓我立身處世。同時也明白了，這是讓我領悟這些道理的必經之路。

但父親的法並非完全與世間的法相一致。準確地說，世間的法應表達成「實定法」。

在我十七歲、上了高中的那年春天，母親和我為了見父親來到西大門拘留所。父親從那年快入冬時便待在裡面。好不容易有起色的生意倒閉了，父親在拘留起訴的狀態下接受審判。母親大概認為身為長子的我已經是高中生了，有資格去那種地方探望父親。

那是我有生以來第一次去拘留所。我看到豎起的高牆阻擋著照進來的春光，我和母親等了一個小時，才在簡陋的會客室隔著厚厚的玻璃窗見到父親。身穿白色韓服的父親隔著玻璃窗對我淡淡地微笑，難以言喻的感傷讓我一句話也說不出來。父親問起我新展開的學校生活時，我這才回答幾句話，僅五分鐘的面會時間就這樣結束了。

我望著父親的背影走回那道高牆圍起來的封閉世界，在心底高喊：「儘管如此，我還是相信您說的法！」

那天之後沒過多久，父親便回家了。

＊＊＊

我所了解的父親，是個比任何人都努力生活的人，但這個世界並沒有站在他這一邊。沒有比抱怨這個世界更讓人無力的了……

一九八八年，西大門拘留所準備拆毀改建公園時，我為了報導取材，時隔十六年後再次來到這裡。四周大部分的建築都已變成廢墟，只有那高高的圍牆和幾處變成遺址的建築留在春光裡凋零。首爾市派來的嚮導帶著我走來走去，積極的講解可以報導的內容。這裡是刑場，那裡是柳寬順烈士[21]被關押、嚴刑逼供致死的地方等。我卻在努力尋找十六年前，父親在這裡某處受過苦難的痕跡。我想找回父親的那段歷史，在四周已是廢墟的空地上，非要找到什麼的這種想法是多麼盲目啊，或許那只是我記憶裡的遊戲也說不定。

過了一上午，當我走出拘留所大門，我不得不停下腳步，十六年前那股難以表達的悲傷再次湧上喉頭。我看到進來時未曾注意到、正在進行拆毀的會客室樓。這時，我才像多年前的那天一樣，站在春日的陽光裡，遇見了已故父親的小歷史。

去年因為罷工，我也被關進拘留所。母親來探望我時說：「你們父子這是子傳父業的進拘留所啊。」我和母親相視苦笑。但我相信，如果父親在世，他一定會理解我這麼做的原因。至少我沒有違背「父親的法」。

父親未能迎來六十大壽，在一九八六年與世長辭。那時三十出頭的我在父親的病床前，看著病痛難耐的他，我悲痛欲絕。此時此刻想起他苦難的一生，又不禁淚流滿面。

我和孩子在一起時會特別想念我的父親。有朝一日，我的孩子也會像我一樣看著舊相薄，想起他們父親的歷史吧。

反重視形式論

雖然沒必要藉托洛斯基[22]的大名，不過總之他說過這麼一句話：「就像為了對抗害蟲，必須保持清潔，注意身體衛生也一樣。抵抗不道德的言語，維持精神上的衛生便成了本質的條件。」他用革命家的表達方式道出這麼一番話，其核心是在說「講話要得體」。

老實說，我在工作以外的時候並不是個講話斯文的人，當然也會講髒話，生起氣來也會不顧左右的提高嗓門。如果按照托洛斯基所說，搞不好我的精神衛生也不及格。喜歡分析

21 柳寬順（一九〇二～一九二〇）被譽為大韓民國的聖女貞德。於日帝強占期就讀梨花學堂（今梨花女子大學）。參與一九一八年的三一運動，簽署獨立宣言，成為獨立運動家。她被捕後，關押於西大門刑務所，遭嚴刑拷打、營養不良而死，得年僅十七歲。一九六二年，韓國政府向她追贈「建國勳章」，並追封為「獨立烈士」。

22 俄國革命家、政治理論家。

別人的人時而會覺得我「臭嘴」，因為我在電視上過度使用標準化的語言，導致精神壓力太大。其實不然，我很早以前就是這樣了，如果他們分析的原因是正確的，那在主播室裡的大家應該整日都在說不得體的話了。

那麼，為何我是這副模樣呢？坦白說，我到現在還未能找到辯解的理由。「在這麼凶險的世界要怎樣隱藏憤怒呢？是這個世界迫使我爆粗口的。」這樣的辯解過於老套無用，所以我只能回答：「因為我不喜歡刻意的形式主義。」

事實上，我並不是從形式規範中解脫的自由主義者（我也不會稱之為自由主義），但也不是那種能夠忍受在極端規範框架下的人。

或許會有人覺得我很幼稚，但還是讓我舉幾個生活中的例子吧。我之所以堅持不去聽古典音樂會，是因為我受不了自己營造的做作氣氛。以前我也聽古典樂，就連別人不熟的作曲家曲目也能跟著哼出旋律。但當我意識到自己並沒有打從內心、甚至連大腦都沒有理解那些音樂後，便再也沒去聽過音樂會了。我再也沒辦法手持無心買來的音樂會門票，穿起西裝，成為重視形式的人。

不得已非得到裝潢奢侈的餐廳或咖啡店時，妻子總會當面說我幾句：「你怎麼像個從沒來過這種地方的人似的坐立不安啊？」我常因此搞壞妻子的心情，因為我無緣無故的挑餐廳毛病，徹底破壞了氣氛。就像穿著不合身的衣服，覺得到這種地方必須表現得體。

重新回到托洛斯基的精神衛生論來，我不能完全同意他的說法，有節制的語言固然優美、給人安全感，但那都經過大腦處理，並非真誠、深切發自內心。就好比在裝潢高級的餐廳按照順序吃送上的菜，雖然看似乾淨，卻無法與汗流浹背、用身體去感受各種食材熬煮出的刺激感相比——到底哪一個的精神衛生更好呢？

針對前面提到「規範、典雅的言辭」，我卻展開不得體用語的讚頌論。若有人批評我是在為自己辯解，我也無話可說。我並不信任那些善用禮貌、穩重的口才武裝自己的人，這樣的人或許適合交流，卻缺少成為朋友的「人情味」。

也許等我上了年紀回頭看，我的這種膚淺反而會讓我引以為傲……至少到現在為止，我的「精神衛生」沒有出現異常（純粹是自我診斷）。這樣看來，到那時我也無需再準備其他的辯解理由吧。

我的病反而成為我的藥

我不太喜歡運動，身體力行的運動更不用說，就連看體育比賽也無法享受其中。妻子總會斥責這樣的我：「一個大男人怎麼會這副模樣？」妻子說得也對，別人一大早不是去打網球，就是去游泳或跑步。而我這個眼看就要四十歲的一家之主，卻連自己的身體都不會照顧。以至於大兒子莫名其妙摔了一跤、帶著傷疤回家，妻子也要怪我這個當爸的不會運動。兒子跑步姿勢看起來不自然，也怪在遺傳到我這個當爸的頭上。

去年春天，我狠下心來打算運動一下。那天妻子見我買了雙溜冰鞋回家，大吃一驚。她肯定在想，都這麼大年紀了又不是小孩子，連跑步都不喜歡的人怎麼會想溜冰？簡單說，買了那雙溜冰鞋已經快一年，我一次也沒穿過。就這樣，那雙該死的溜冰鞋成了妻子口中證明我的懶惰和缺乏實踐能力的證據。

「請等一下，很快會清算的。真的！稍等片刻！」雖然沒必要引用聖奧古斯丁這句話，他所說的「片刻」卻延長了三十年，並且沉浸在快樂的歲月裡。

至少從運動這點看來，我也一直沉浸在懶惰的歲月裡不肯掙脫出來。每次妻子開始嘮叨，我都會躲進被窩。我的苦衷可以說和聖奧古斯丁的話一字不差。

我最近有別於從前，經常幻想自己成了運動選手，仔細想來實在有些幼稚。我會幻想自己突然變成棒球選手、揮起球棒，或者成了拳擊選手狠狠把對方打倒在地。說到棒球，我至今還保留著讀書時的實力，雖說只是在家附近打著玩，但好歹也是打過第四棒。拳擊就有點莫名其妙了，而且一定要把對方打倒在地後，我的想像才會停止。

這稀奇的現象持續了一段時間，碰巧某次同學聚會，大家最後聊到了運動。有人說自己會大清早起床去游泳，結果太累，到了下午總是打瞌睡；還有發了財的同學說自己常打高爾夫。大家東聊西聊，我卻插不上一句話。

等我終於談起自己的「運動生活」時，立刻有人說：「你這是欲求不滿，再不然就是壓力過大導致，找時間來我這裡一趟吧。」

哎呀，那個人不是精神科醫生嗎？這麼看來，我的問題非同小可。

那天之後，我的症狀並沒有停止，反倒受「這是一種精神疾病」的觀念影響而變得更加嚴重。最後，我下定決心進行自我治療，為了消除引起病因的欲求不滿和壓力，費了好大一番努力——但完全是白費力氣。就連活在太平盛世下的人尚且有話要說，更何況是我們所生存的當下？那位醫生朋友勸我還是做些運動，對精神健康有益。

但懶惰的我，最終還是按照自己的方式大徹大悟了。

我的病反而是我的藥。

這是最佳的處方。這句話越是深究，越覺得有道理。不用花錢，只憑「幻想」就能減壓、除萬病，我很肯定自己能這麼健康，正是因為如此。也許有人會說我是在自我安慰，但我可比那個早起去游泳、下午打瞌睡的朋友健康多了；也比那個在鋪著十幾萬坪進口草皮、噴灑像毒藥般農藥的地方打球的朋友要健康一百倍。

所以，最近我仍在努力的揮球棒和擊倒對方。

業的法則，人世間的法則

在地鐵碌磻站下車，
沿著丁字路口往恩平國民學校的方向走，
可以看到公車站的天橋上，
掛著白底藍字的布條標語：
自給自足，不宜過度消費。
這是恩平區廳的口號，
啊，我要是也能那樣……

——李載允，《伊甸園之東2》

每次一有儉約運動，母親都會說：「節約也是那些有能力節約的人做的事，什麼都沒有的人要節約什麼？」最近妻子也說出跟母親一樣的話。自小不愁吃穿的妻子，如今只能靠丈夫每月的薪水過活，講出這種話也很正常。就算生活比上不足、比下有餘，但世事還是不斷在改變……

＊＊＊

希臘的彌蘭王來到北印度，向修行僧那先比丘問道：「為何眾生會不平等呢？有人短命，有人長壽；有人疾患纏身，有人體魄健康；有人能力不足，有人能力非凡；有人貧苦，有人富有。」

那先比丘答：「陛下，那為何水果的口味各不相同呢？有的酸、有的苦、有的澀，還有的甜。」

「那是因為它們的種子不同。」

「陛下，您說得沒錯。正因為至今每個人積累的業果不同，才各不相同。世尊曾經說過一句話：『眾生皆有自己的業，業即在母胎，人人皆依存於它。業，決定了卑賤，或是尊貴。』」

這個故事來自佛教的《彌蘭王問經》。雖然我們應該尊重宗教、哲學層面的意義，但對於那些生活在競爭激烈的資本主義社會、無法擺脫「相對貧窮」的人們而言，這只是一個永遠無法參透的道理。越是沒有機會階級流動、上升的社會，越是強調「業」的意識形態。

＊＊＊

我曾經住過延禧洞，不是前總統[23]住過的那一區，而是要走二十多分鐘、位於山脊上的公寓。有人開玩笑說，多虧了那陡峭的山坡，住在那的人都不會得高血壓。可我的奢望是寧願患上高血壓，也想住在山坡下那宮廷一般的豪宅。多虧十年前那為了生活的權宜之計，我度過爬著山坡背英語單字的日子，才終於擺脫用灶口燒蜂窩煤[24]的生活。

讀書時形影不離的死黨現在成為在電視臺共吃一鍋飯的同事，偶爾聚在一起時，還是會聊起過去的往事。我們家境相似，看到那種站在大門口一眼望不到裡屋的大房子，內心多少會萌生小市民的同仇敵愾。

但人類多麼狡猾啊。剛住進繳管理費的公寓沒多久，聽說首爾市內還有一半以上的住家在燒蜂窩煤時，仍會目瞪口呆。繳月租的人家差不多一半以上還住在不到十坪的地方，而另一半人還住在必須使用公廁的地方。哈，對喔。還記得我曾半夜不敢起來上廁所，生怕打擾

23 指全斗煥。
24 韓國早期主要家用燃料。

到房東。

如今再奢求什麼，說不定會成為罪孽。這不再是業的法則，而成了人世間的法則……

＊＊＊

我這一生沒有繼承到什麼，倒是從一開始就在還債，如今也沒留下什麼好傳給孩子們的。妻子偶爾會心疼這樣的我，這麼看來，她也是不得已的成了我的人生夥伴。想想看，在這個得到的越多越感到罪惡，擁有越多越能欠下債的世界，倒不如「一個人」還更幸福吧？在這個連機會都要爭搶的貧瘠社會，與那些每一天都像在抵債的人們相比，我們的生活又是何等的享福啊。

深夜走在歸家的小巷，
住在帳篷裡的人們，
疲累的睡在那裡。
我生怕吵醒他們，
躡手躡腳走著，
我反倒被嚇了一跳。

那積滿了灰塵的帳篷之間，
忽然伸出來一隻男人的腳。
悲哀落在被露水打濕的腳上，
那投下片刻安寧影子的瞬間，
呼嚕，傳來一聲打鼾聲。
那時白天的疲憊落在地上的聲音，
動了一下腳傳出的響聲，
我站在原地良久，
注視著距離地面最近的這些人的沉睡，
凝望著這個夜晚的和平與安寧。
這難道不是因為深夜令人沉醉嗎？

——羅喜德，〈駐足——安養川‧6〉

告知女性

每年一月一日，電視臺為了把新年第一個出生的孩子搬上新聞，都會鬧得雞飛狗跳。因為媒體各自找到的醫院都不同，所以各家報紙、電視上的新生兒也各不相同。一九八七年末，我偏偏遇上值夜班，接到隔天一早要「造出」（？）新年第一個孩子的採訪任務。最簡單的方法就是去有名的C醫院婦產科，但那有點千篇一律了。為了播出「逼真的效果」，我們與永登浦一間偏僻的醫院聯繫（真的什麼奇怪的邀訪都有），幸好院方說有符合時間的產婦，否則又得跑回C醫院去。

我和攝影師不放心，晚上十一點便趕到那家醫院。兩個人在八字沒一撇的產房門口安營扎寨、等了起來。產房的樣子不適合在此描寫就先省略了，總之院方遵守了「約定」（？），子夜剛過，便讓我們聽到「新年的第一聲啼哭」。

我急忙以啼哭聲為背景，錄下準備好的播報內容：「是的，一九八八龍年的第一個新生兒誕生了。今日凌晨零時一分……」

我們匆忙錄好播報內容，緊接著要準備採訪。不過要纏著剛鬆一口氣的產婦做採訪，實在不是人做的事，我們只好把希望寄託在一直在走廊抽菸的孩子父親。

「恭喜您，這是您的第一個孩子嗎？」

「嗯。」

「您一定很高興吧。期待了很久嗎？」

「嗯。」

奇怪，通常這種情況，受訪者都會多說幾句話的，可孩子的父親卻一臉模稜兩可的表情，像答是非題似的回答。稍後，我們的疑惑便得到了解答。

「您生了新年第一個寶寶，請問孩子的名字取了嗎？」

「啊，取是取了，可是……」

「怎麼了嗎？」

「怎麼說呢。那……欸，我真是……」

「您這是怎麼了？」

「我一直堅信第一個孩子是男孩，早就想好了男孩的名字，可這……」

天啊，原來是這樣，龍年第一個出生的孩子是女孩。孩子父親一臉狼狽的站在那，過了一會，只見從產房出來的產婦也一臉不安。忙著擺弄攝影機和燈光的我們也陷入難堪的處境。

我們拍了半天無辜、漂亮的小公主，準備離開時，我突然走上前，對孩子的父親說了句近似恐嚇（？）的話：「我認識的人之中，有人為了生兒子，結果生了七個女兒。」

是啊，在這麼凶險的世界，有誰肯心甘情願的生下女兒呢？更何況又是在這麼一個大男人主義的社會，就算不從「傳宗接代」的「動物角度」思考，也沒人能夠阻止重男輕女的情況發生。

＊＊＊

不知道這是不是玩笑話，據說已婚女職員在辦公桌玻璃下面放孩子照片的話，大家就會說她「不重視工作，只知道顧家」；但要是男職員做同樣的事，大家就會說「你可真是個顧家的人啊」。認為這種現象不合理的我，不會把全家照擺在辦公室的桌上。

就連在相對來說男女不平等沒那麼嚴重的電視臺，女職員有時受到的不公平待遇也讓人瞠目結舌。且不說進電視臺後遭到的不公平待遇了，首先想考進來就很難，錄取的七、八十人裡，除了女主播僅有三、四名是女性。就算是考量到特性上的不得已，這都未免太過分了。有一年，E女子大學學生還聚集在電視臺門前抗議，要求「錄用女性」。

好不容易錄取後，又要面對以男性為中心的組織，不只分配到的工作，升遷問題也是不言可喻。不久前大家一起值夜班，男職員可以睡在值班室，女職員卻因找不到適當場所，最後只能趴在桌上睡覺。就連值夜班也是迫於男職員的看法，女職員才主動提出值夜班的；還有，女職員結婚生子，上級會以「樣貌不雅」為由，極力勸說女職員提早放產假，再提早回來上班，怎麼看都很不人道。所以臨近預產期時，女職員和主管（當然都是男性）之間就會展開無形的爭執。接著幾個月後的風景是，男職員熬夜喝酒、隔天上班後偷偷躲到值班室睡覺可以安然無恙；但熬夜帶孩子，隔天上班稍稍打了下瞌睡的女職員卻成了眼中釘。這種情況下如果再提幼稚園的事，就會被當成不顧正業的人了。

說到這裡，可能有人會覺得我是個了不起的女權主義者，但我並非一味站在女性這一邊。若道出我對女性的批判視角，大家對我的看法可能會完全相反。

雖然有許多例外，但我認為大部分女性對於尋找自己的地位並不關心，或經常從個人角度去思考。我的這個看法純粹來自個人經驗，當然不夠全面，但即使不能一概而論，也至少在女性問題上提出了另一種思考方向。

大部分女性在遇上性別歧視的高牆時容易軟弱，面對必然存在巨大的痛苦，因此很容易認為它難以克服——女性時而會因「身為女性」而率先放棄。我聽說過很多人遭遇性別歧視，卻從未看到有人把這些不滿的聲音凝聚成力量。雖然偶爾會有人去嘗試，但過程中又經常因其他利害關係而以失敗告終。

以我任職的公司為例，雖然工會設有「女性部」，但只是編制上虛有其名，從沒見過誰擔任部長。每個人的立場、處境不同，看待女性問題的視角也不同，因此也從未有女職員肯出面擔任此職務。

說到底，處於弱勢的女性若無法建立起某種型態的組織，那麼可以選擇的方法就只有一個——各自生存。遇到共同問題時，若只有幾個人提出訴求，得到的戰果也通常微不足道且短暫。大多數時候，弱者都只靠自己的力量解決問題，唯一的生存武器也就是強調自己的弱勢，我甚至遇過同樣身為女性卻對此提出批判。不把自己設定為主體，而是放在客體、從屬的位置，獲得利益的同時，看起來也卑躬屈膝。

本來男性建立的差別化、不平等的社會結構就很牢固，那些受到上帝恩惠走進那座城牆的人才能輕鬆的說出這些話。為防範有人這樣反駁我，我（雖然有些卑劣）在字裡行間埋下了「可以脫身的洞口」。但儘管如此，不變的事實是，神不會改變男性優越的思考方式，男性更加不會去改變這一切。

幾年前在某女性團體舉辦的座談會上討論過這個問題。針對女性問題，我沒有任何特別的研究成果，主辦方邀請我或許是覺得可以聽聽像我這種從事大眾傳播工作者的想法。

在座談會上我說，大韓民國的女性過了三十代中半段、生活安穩後，在社會上幾乎跟死掉的人沒什麼差別。這話聽起來十分失禮，果不其然，很多人提出異議。我一邊解釋之前提到的「弱者生存論」，一邊提出在中國正因為這樣的問題，人們對社會問題意識也變得麻木。大部分人認同了我的觀點。參加這個活動也讓我感受到一點，儘管這次的座談會是帶有進步傾向的團體主辦，但很多反對意見仍來自情感上的「對決」。這樣看來，在這個國家，女性所經歷的不平等的嚴重性，單憑理智的倫理是無法解釋清楚的。

＊＊＊

「我親眼所見，沒有想像得那麼漂亮啦。」

引起社會極大爭議的金甫垠事件[25]，這句話出自押送金甫垠去法庭的獄警之口（因為罷工，我被關進永登浦拘留所期間，金甫垠也關押在那裡）。

獄警無心的一句話，給我帶來不小衝擊。為什麼我們在任何情況下看待女性時，都是以這樣的視角呢？甚至是對那位從禽獸爪牙中逃脫的絕望女性。當我反省自己是不是也和那個獄警一樣時，不僅直打冷顫，因為我無法完全否認。

25　一九九二年，女大生金甫垠夥同男友殺害長期性侵自己的繼父。

不幸的是，在這個男女共存的社會，女性地位一直都是如此。不僅性別問題，組成這個社會的政治、經濟的和文化層面皆是如此，在所有組織結構裡，女性都是不幸的。最近，我有機會讀到漢陽大學K教授寫的金甫垠事件診斷書。K教授診斷金甫垠的精神狀況為「創傷後壓力症候群」，「面對暴力，在加害者的要求下，被害者的行為完全與自己的意識無關，因過去受到傷害的經驗而感到恐懼，進而變得懦弱無力」的狀態。

「創傷」不僅來自性暴力，它的可能範圍擴展到社會整體時，金甫垠的痛苦便成為所有女性的痛苦。在以男性為中心的社會，只憑經驗就能感受到恐懼，而變得軟弱無力，那這個國家的女性是很難從「壓力心理障礙——痛苦」中解脫的。

據說，日本的進步派女性政治家土井多賀子為了參加環保運動來到北海道，討厭蟲子的她走在草叢裡說道：「我對蛇、蛆蟲和男人都沒有抵抗力。」

旁邊的人聽了她的話都哄堂大笑，其實她的言語蘊含了對刁難自己的男性主義社會的尖刻嘲諷。多賀子的批判意識，使得她克服了自身所處的社會狀況。

妻子，生命中可以承受之重

「這就是全部了？」新婚旅行回來第一天，妻子接過我交給她的存摺，露出不可思議的表情。

我們回來那天剛好是發薪日，該扣的扣掉後，存摺裡只剩下六十五萬元。幸好是發薪日回來，若提早一天回來，我差點就要把空存摺交給她了。

「你沒有其他存摺？」妻子一臉狐疑。她知道我是個窮光蛋，可沒想到竟到如此地步。

「哪有其他存摺，我可不是會存私房錢的人。」我氣勢強硬的回答她。真不知道我有什麼好理直氣壯的。

妻子長嘆了一口氣。即便如此，我也不能示弱。很多人剛出社會就欠下一屁股債，跟他們相比，我難道不算個正人君子嗎？再說，雖然地方小，至少也買了自己的房子，況且我也沒說過自己有錢。我反駁的時候，心思沉穩的妻子已經做好了未來要如何過日子的心理準備。沒過多久，父親替人作保，結果銀行通知要我們替他還錢時，妻子也沒有驚慌失措。

＊＊＊

我覺得母親和妻子之間只是普通的婆媳關係。這裡說的普通，就是指我們傳統觀念裡的婆媳關係，大多數情況下都會經歷某種程度上的矛盾。母親也不是個肯示弱的人，所以妻子偶爾也會吃悶虧，但她從未表露出來。人與人之間的關係都是相對的，母親肯定也有不順心的時候。

夾在她們中間的我，從一開始就決定以超脫的心態，對凡事不聞不問。我性子急，參與進去恐怕只會把事情搞砸。反正家裡也沒什麼大問題，生活在一起本來就容易因各種瑣事鬧不愉快，但很快便又會跟往常一樣了。

新婚初期看到那樣的妻子，讓我覺得造物主把女人造就得比男人還要堅強，至少在適應能力方面是這樣。她離開生活了二十五年的家，把戶籍也遷移到陌生的地方，與我們成為一家人，可不是件簡單的事。若以極為男性中心角度來看，因為結了婚，我背負起生活的重擔，妻子卻改變了她的人生。四十年前的母親也是這樣走過來的。

我們跟母親一起住了兩年多，出國留學的前輩打算低價把房子租給我時，母親欣然同意了。本想搬出去住兩年，沒想到一住就是四年。如今弟弟一家人取代了我的空位，等他們搬走，妻子又得開始「婆媳生活」了。

＊＊＊

妻子很愛哭，我曾聽選美出身的演員說自己聽到國歌都會流淚，雖然妻子沒有她那麼誇張，但在我看來，妻子流淚的頻率比一般人要高。

觀看傷感的電影或電視劇時，妻子肯定會眼淚汪汪的，每當那時，我都會嘲笑她的感傷。與極力想要避免尷尬場面的我相比，妻子更忠於自己的感受。看電視劇會流淚，這沒什麼，可以理解為她是個感情豐富的人。但偶爾妻子會為我不理解的事情哭，這讓我很困惑。她為流淚找的理由是，總有一天我們會死，死後我們又會怎樣呢？我們不「存在」了以後，會被我們的孩子、孩子的孩子遺忘，而我們從人生獲得的一切也都會消失。關於我們的一切都會被掩埋，那之後我們又會怎樣呢？妻子說到這些就會流淚。哈哈，如此龐大、永遠找不到答案的哲學命題，要我如何解答呢？我只能微笑以對。能把妻子從那種虛無縹緲中解救出來的人不是我，而是小兒子醒來的哭聲和現實生活。

但妻子的眼淚並不都來自於情感上的事。我見過妻子因痛苦而流淚，每當那時，我都會覺得她比我想像得更堅強，或許這是眼淚的反作用力吧。

妻子第一次因痛苦流淚應該是在大兒子出生時。那時不得已做了手術、生下孩子後，妻子哭了。成為母親的喜悅只是暫時的，手術後伴隨的痛苦，讓她的眼淚蘊含著未來對新生命的期待與不安。我相信眼淚所意味的堅強，使妻子在日後撫養兩個孩子的過程中更能忍受那些自我犧牲。

妻子另一次哭是在我參與罷工、被關進拘留所時。妻子第一次隔著厚厚的玻璃窗看到身穿囚衣的我，流下了淚。雖然我們早就做好心理準備會發生這種事，但當真的遇到時，還是給她帶來了不小的痛苦。但妻子只難過了一天，隔天她再來看我時就很釋然了。接下來的日子，她替我在集會現場積極奔走，這種堅強一定是第一天的眼淚帶來的反作用力。

最近，妻子看週末電視劇時還是會眼淚汪汪，主角是那個動不動就哭的演員，肯定有不少觀眾跟著她哭。雖然我還是會笑妻子愛哭，但內心覺得，感傷的眼淚比痛苦的眼淚好。

＊＊＊

認識我的人會這樣說：「你這性格，肯定讓妻子吃了不少苦。」

雖然我總回嘴，世上有哪個丈夫不讓妻子受苦的，其實滿懷愧疚。若站在妻子的立場，我凡事讓她操心受苦，這可遠超過內心有愧的程度了。

從小事說起的話就是穿衣服的問題。我所指的「小事」，對妻子而言卻是每天早上要經歷的「重大事件」之一，為這些事像小孩子一樣爭吵不休已經是家常便飯。我一件衣服可以穿一整季，讀大學時，大家都說我穿的是「校服」（因為我只穿一樣的衣服，朋友們都這樣取笑我）。這種天性，妻子怎能改變得了。

從我們新婚旅行的第二天開始，穿衣服的問題導致我們的關係出現了「矛盾與對立」的局面。如今已經六年了，這個問題我們仍未找到平衡點。每次為穿衣服發生爭執時，妻子都說自己快得「心病」了。但我自小就被奇怪的觀念誤導，認為打扮不是男生該做的事，到現在也沒能擺脫那種觀念。

我還變本加厲，把自己對衣服的偏見強加在妻子身上。「花錢買衣服是最浪費的，怎麼會沒衣服穿，難道妳至今是光著身子的嗎？」

我都是這樣強詞奪理，大概也因為這樣，所以妻子也很少買衣服，就算我要她去買，她也買不下手。妻子也知道一套昂貴的衣服遮掩的只不過是不健康的虛假意識，所以妻子今天也只是對我說，我沒有叫你穿什麼好衣服，只是要你換一件穿。

除了穿衣服，還有很多事讓她苦惱。吃飯的問題也不會輸給穿衣服的問題（例如，沒有湯就不肯吃飯），這也給妻子帶來重若千斤的壓力。我的缺點，別人的丈夫也有，但就算我身上存在優點，妻子也不敢輕易誇獎我。這麼看來，別人為我妻子擔心也不是沒有道理的。

但我覺得在日常生活中，「苦惱」也是一種調劑，如果連這種程度的吵鬧都沒有，生活豈不是很無聊呢。至少我的這種「悠閒」，來自於我們在選擇和決定人生的大方向時能夠彼此信任。例如，我加入工會執行部、處境艱難之時，妻子只表達了幾次「適當的擔心」，她從未真心反對過我的選擇。除此以外，從我們一起生活的這段日子裡所經歷的大小事，「精神健康」的她從未動搖過。

我相信未來妻子也不會丟失那種「健康」。但我擔心的是，前面提到的「日常調劑」不能再加重用量了，而這完全取決於我的行為舉止。就現在的我而言，除了回答「我會努力」以外，真不知道該說什麼好了。

民主啊，求之於民

小兒子有兩個名字，一個是「民主」，另一個是「求民」。

當初獨生子求用在有兄弟姐妹的孩子裡難以「獨當一面」時，妻子懷了第二胎。當時我們根本沒有想到在老二出生前的那段日子會經歷那麼多曲折。像是夏天準備搬家時，因為各種條件不符合的關係，妻子整整操心了兩個月。當時根本顧不上什麼胎教，以至於後來妻子一直覺得很對不起肚裡的孩子。但那種程度的事，只不過是前哨戰罷了。

一個月後，漫長的罷工展開，難得抽空回到家裡，我總是毫無根據的向妻子保證很快就會結束，她心裡卻不是那麼想。包括我在內的罷工幹部遭到公司起訴那天，正好是在我們的結婚紀念日，我不想讓身懷六甲的妻子遭受打擊，所以隱瞞了她。甚至在警察闖入工會押走我們接受調查後，允許我打電話回家時（負責第一次審訊的S檢察官對我非常友善，他不但允許我打電話回家，還間接的讓我察覺到自己會被拘留），我也告訴妻子：「別擔心，我很快就能出去。」我真是一個不負責任的人。

妻子根本不相信我的豪言壯語，但只能苦苦等待。我坐在冰冷的地板上想像，當她得知口口聲聲說會回家的丈夫被關進拘留所時，肯定又不能安心養胎了。三天後，妻子來看我，我給老二取了第一個名字。預產期只剩不到一個月，但我至少還要在裡面待上幾個月，所以自然而然跟妻子提到給孩子取名字的事。我腦中剛好閃過一個記憶，四年前第一次罷工時，某工會成員剛好生孩子，他的孩子就叫民主。妻子聽了我的提議，覺得很不錯。

幾天後，發生了比取名字更戲劇化的事。跟妻子一起來看我的姐夫（製作人朱哲換），把「小舅子探訪記」刊登在工會的罷工特報上，《韓民族日報》又以〈孫石熙主播的藍囚衣〉為標題轉載刊登。託此事的福，支持MBC工會罷工的人記住了我那還未出世的孩子的名字。我可真是個幸運的人。

釋放我那天，檢察官對我說：「我們也考慮到您的夫人就要臨盆。」他這麼說，讓我察覺到我被捕這件事對外界的輿論造成了不好的影響。總之，多虧了孩子，我才提早走出拘留所的大門。一週後，孩子誕生了，是個男孩。原本我內心期待老二是個女孩，但當時哪還顧上那麼多，孩子還沒出生就進出拘留所，所以我只希望他能平安健康。我暗自擔心了一個星期，幸運的是他們母子都很健康。

真正教人擔心的事卻在意想不到的地方發生了，一個月前我給孩子取好的名字居然遭到家裡長輩反對，他們說：「要是個女孩，那個名字倒還可以，但不適合男孩。」

我試著說服了他們幾次，說叫民主的男孩有很多，而且別的不說，光是名字的意義就很重要。長輩依舊毫不動搖。當然，我心裡清楚他們反對的不是男孩叫那個名字，而是擔心未來這個名字會給他帶來壓力，不能讓名字成了孩子的絆腳石。雖然我也想過擅自作主去申報出生，但站在長輩的立場看，這些年來我也沒做過什麼對的事，這件事的討論就這樣不了了之，申報出生的日期已經快超過兩個月了，期間孩子以無名的狀態被「擱置」在一邊。

最後我提出妥協方案，名字的第一個字用同字輩的「求」，後面接代表百姓的「民」字。同時，我也傳達了最後通牒（？），如果連這個名字也不行，那從今以後我們就「斷絕往來」。我又深思熟慮了幾天，帶著因違反申報時間的兩萬多元罰金來到洞事務所。就這樣，「求民」的名字好不容易上了戶籍。洞事務所的職員仔細端詳著那個「共同創作」的名字，笑著說：「真是個特別的名字，所以才拖了這麼久吧。」

雖然戶籍上寫著「求民」，但我和妻子至今還是叫他「民主」。仔細想想，「求民」這個名字也帶有自己的意思。因為「人民成為主人的社會」最終也意味著「世間凡事都要求之於人民」。這樣看來，這個名字的意義反而更加深刻。

儘管如此，偶爾想到給孩子取名時的焦慮，還是不禁苦笑。說得誇張點，給老二取的這兩個名字，都有點像時代下的衍生品。

公司同事問起孩子叫什麼，我把事情源源本本的講完後，一個同事說：「真是的，這不就跟去年我們罷工的過程一樣嘛，結局也差不多啊。」

我們大笑附和，要是沒拖那麼久，說不定就能成為模範的交涉先例了。這麼一想，兩者也都是花了五十天。

孩子不等人

「大部分孩子在充分得到父母的關愛和理解下，即便是面對（父母）間歇性的憤怒與厭煩，孩子也能克服。但多數家長用負面行為一直壓制孩子的生活，會對孩子造成傷害。若要用一個詞來描寫這種父母的共同點，那就是『無資格』。」

這段話來自美國知名的心理治療家蘇珊・佛沃（Susan Forward）博士的「無資格父母論」。這裡擷取的只是前提條件，她所舉出的無資格父母範例多不勝數，讀完她的著作（《這樣的家長是無資格的父母》）後，讓我產生了恐懼感。這種恐懼感來自於這本書清楚指出，生活中無意識對孩子說的話、做的事，都可能存在「罪惡」。

無論是從「理論的威權主義陷阱」中跳脫出來，或考慮到美國與韓國之間的家庭文化差異，我從很多方面來看都不像是個「有資格」的父親。正如佛沃所說，為人父母是人一生中最重要的技術之一。若拿考駕照來比喻，那我可能大致通過了筆試，接著路考幾次都不合格，自己急得焦頭爛額。或許撫養小孩就是心裡明白、卻很難去實踐方針，導致日後不停的後悔。

關於「為人父母」的理論方針，根據每個人的狀況不同，或許會提出反對意見，但對於佛沃提出的幾點主張，我是贊同的，並打算自我檢討一下。

首先，關於不要讓孩子一個人獨處，我需要反省。我為了擺脫孩子、擁有自己的獨處時光，準備了數不盡的藉口，那真的都只是藉口而已。我對於走進孩子的世界，了解他們的內心這點有些剛愎自用。說來慚愧，我在孩子面前太容易疲累了。

面對這樣的我，最近妻子說了一句名言：「孩子可不等人喔。」

孩子需要父母時，如果父母不陪在他們身邊，他們長大的同時，心靈創傷也會隨之變大。妻子的這句話徹底打破我「就算不是現在，以後也要做個像朋友的老爸」的幻想。妻子說得沒錯，若非「現在」還有什麼意義？況且對於已經落後一步，離孩子很遠的自己，我正處在不安中……

其次，跟很多人一樣，我打孩子後會很後悔（蘇珊・佛沃甚至諷刺了「教育不用棍子便會慣壞孩子」這句俗話）。在孩子未能認知適當的理由時，加以體罰是多麼野蠻的行為啊！孩子若能認知理由，也就沒有體罰的必要了。我覺得在很多情況下，父母的棍子都來自自我中心的思維，和對完美主義的執念。

我打孩子也是出於這種情況。老二出生後，老大（按照韓國年齡算，當時他才五歲）不肯一個人睡覺。雖然他很愛弟弟，仍無法接受睡覺時弟弟搶走爸媽，只留下自己一個人。我沒向他說明理由，出於想改掉他這軟弱的毛病，拿起了棍子。這簡直就是無理、自我中心。我沒有認真考慮孩子的立場，只因自己的完美主義（若有理由，就該好好向孩子說明），讓孩子不明緣由的挨了一頓打。

最後，我要檢討自己過於保護孩子。

記得大兒子三歲時，第一次額頭上掛了彩。他坐在沙發上身子一晃、摔了下來，剛好頭碰到地上的書角，劃出一道小傷口。雖然只是小傷，身為父母的我對自己很生氣，怎麼可以在這麼小的孩子身上留下傷疤呢。或許是因為這件事，最近看到孩子一個人在外面玩，我也會坐立難安。當然，這期間孩子又多了幾處比第一道傷口更嚴重的傷疤。

問題是，我擔心自己過度保護孩子的心態會延伸到干涉孩子未來的人生。如果不讓孩子獨自去闖蕩世界，等於是奪走了他去行動、嘗試、探索、把握的機會。我擔心自己會把孩子未來的大世界極度縮小。

蘇珊．佛沃這樣說：「不許小孩在馬路上走來走去，那不是控制，而是明智之舉。但十年後，如果孩子能憑藉自己的力量過馬路，父母還是不允許，那就是過度控制。很多時候，充滿擔憂和恐懼的父母過度控制孩子，等孩子長大後多半也會充滿擔憂和恐懼。」

蘇珊．佛沃的字字句句說中了我的顧慮。因此，我才會產生前面提到的恐懼感。身為父母，妻子比我更稱職，託她的福我才能稍稍從恐懼感中走出來，但問題並不止於此。如今，我要在為時已晚前獲得「及格父母」的證書，不單要通過筆試，還要考過路考。為了不讓蘇珊．佛沃對這樣的我指指點點，我要說出這句如同鞭子般殘酷的話——

「正如在高速公路上，如果一輛車拋錨，後面的車便會塞得水泄不通。無資格的父母，是會對子子孫孫造成危害的。」

後天性雜誌恐懼症患者

〈新聞主播孫石熙的告白──無法與觀眾見面，我很難過〉。某家雜誌社在報紙一角的廣告上刊登出我的照片和這句話。雜誌廣告首先要吸引讀者的視線，為此他們只能選擇誇張、煽情，有時還帶有刺激性的文案。況且，像最近這樣亂設立雜誌社、競爭激烈的環境下，雜誌廣告的這種趨勢都被看成理所當然了。但在那些令人暈頭轉向的文案中看到自己的名字，變成當事人的我也會感到很困擾。

這五年來，我都與所謂的「女性雜誌」保持距離。但某女性雜誌的S記者將近半年努力不懈的聯繫我，最終我還是掉進了她的「陷阱」，接受了採訪。十幾天後，那次的採訪內容空穴來風般的變成了「傷心告白」，刊登在報紙廣告上。

事實上，早前我已有過幾次雜誌採訪的經驗，很清楚雜誌的屬性，因此在那次與記者的對話中為了避免引起不必要的誤會，我都很慎重的選擇用詞。我覺得既然自己已是公眾人物，並且像S記者說的那樣「除了了解孫主播的人，也還有其他人想要了解其他層面的您」，所以我是以坦誠的態度接受訪談。S記者也知道我的想法，她都如實地寫了下來。所以我對報導內容並沒有任何不滿。

問題在於廣告標題以那麼商業化的面貌出現，一時令我備感驚慌。但那廣告標題與S記者無關，完全出自廣告編輯之手。總之，那段時間身邊的人都會半開玩笑的問我：「你到底告白什麼了？」

***

除了電視，我不喜歡在其他媒體拋頭露面的原因有以下幾點。

首先，我是因為工作性質才露臉，除此以外我不需要以任何方法宣傳自己。同時，我也沒有義務滿足大眾對我的好奇心（假若有的話）。其次，這樣講也許會令人感到遺憾，或有人會提出反對意見，但我覺得大部分所謂的女性雜誌為了在競爭中存活，都過於商業化而造成負面效應了，我沒必要隨波逐流。除了以上兩點，還有其他幾點原因，但為了避免不必要的誤會就先省略。

六、七年前，某雜誌刊登的我與新聞主播S的對談，便可以看作是前面我所做主張的根據。

新聞主播S是競爭電視臺的招牌女主播，當時和我在同一時間段播報新聞。雜誌社可能認為把兩個在同一時段競爭的年輕主播請到一起，可以吸引讀者。雜誌社聯繫我很長一段時間，對方似乎也跟我一樣拒絕了幾次。不用想也知道，雜誌社邀請當時已是新聞女主播代名詞的S和剛入社沒幾年的我要談什麼。

經過一番周折，我們兩人終於面對面坐下來。同座的還有整理訪談內容的記者，我們尷尬的聊了幾句後便無話可說，同座記者顯得很傷腦筋。初次見面的人有什麼好聊的呢？最後，訪談變成記者在中間問、我們回答的方式。

S主播跟預想的一樣，表現十分沉穩，每句話都很慎重，絲毫不留想像空間。可以看出她在努力維持一個新聞主播該具備的中立。好不容易結束訪談，我邊往公司走，邊感到哪裡不對勁。幾天後看到送來的雜誌時，不祥的預感正中了我的所料。

上面寫著我向S主播提問的部分，其實是坐在中間的記者提出的問題。

「S小姐，請問您一個月月薪多少？」

「啊，那個……」

「那，一個月用多少零用錢呢？」等等。

這個問題連坐在旁邊聆聽的我都覺得不像話，卻竟然全都變成我提出的問題。好不容易才見到面，我怎麼會問出這種問題……當然，那個記者也是情非得已才把內容對換掉的，但我每次看到那篇報導都會覺得臉紅。

不久前，剛退去一身菜味的廣播局製作人K，調皮的挖苦我：「孫前輩，我在以前的雜誌上看到你和主播S的採訪，你問的問題還真奇怪！該不會是我看錯了吧？」

「天啊，你怎麼還記得！」我又紅了臉。

＊＊＊

去年罷工時，很多媒體要採訪我。介於事態關係，大部分都是時事雜誌，就連各大學的新聞記者也趕來採訪，每天都讓工會辦公室亂成一團。這些媒體和記者想採訪我，可能是因為我最容易接觸，加上他們把我看成最有訴求力的人物。儘管如此，我還是沒有接受任何採訪。

參加罷工時，我就給自己訂下一個原則。如果是跟罷工有關的事，都要透過主委或宣傳組來傳達官方立場。因此執行部門的個人意見、分析和展望都不能隨意向外界透露。而且，還要考慮到參與進這場抗爭的所有人，若某個個人過度拋頭露面，會對組織造成影響。尤其是像我這種情況，如果我是一般的成員而不是執行部，或許為了有效的宣傳挺身而出（事實上，針對我的處境，內部也曾討論過）。但站在領導罷工的立場，我到處露面是會受到「個人英雄主義」的批判的，畢竟我們不是想利用罷工的機會換取免死金牌。

除了雜誌《路》的封面畫了我（未經我同意），還有在我被拘留期間，大家把我戴著手銬的照片到處張貼以外（因為工會需要，所以我沒有反對），直到罷工結束，我都遵守了自己的原則。

過了一個多月後。雜誌《路》聯絡我，說想知道罷工後的情況和整理出罷工過程，加上負責採訪的記者是我平時有私交的某雜誌社Y記者。我考慮到如果是雜誌《路》，或許會去除我對雜誌的偏見（？），加上我也熟悉Y記者的性格，便答應了採訪。比起這些考量，我覺得是罷工結束後，可以走出自己訂下的原則了。雜誌《路》為了讓我輕鬆一些，還特別設計了看起來不那麼生硬（？）的〈文化邀請席〉單元。

在公司附近的中華料理餐廳角落包廂內，我和平日無話不談的Y記者忽然要做採訪，兩人都有點不好意思，但還是認真談了一個多小時。罷工剛結束沒多久，局勢還很渾沌不明，加上幾個同事還被關在拘留所，所以有必要讓外界知道目前的情況。

但問題又出在那該死的廣告上。幾天後，報紙上刊登出的雜誌廣告上這樣寫──〈公正媒體的招牌明星，新聞主播孫石熙〉。

我目瞪口呆，我為公正報導做的那些事算得了什麼？還招牌明星？什麼該死的明星啊！那些比我受更多苦的同事還關在冰冷的監獄……也許寫報導的Y記者看到這則廣告也會大吃一驚。不知道是不是雜誌《路》的廣告編輯特別關照我，總之看到那則廣告，我的臉再一次紅了。

「《路》，怎麼連你也……」

＊＊＊

既然說到了雜誌，就說說我那勇敢的妻子。

我在拘留所時，妻子每天早上都會挺著快要臨盆的大肚子來看我。就算隔幾天來也沒關係，她還是堅持孩子出生之前，每天都要來拘留所「上班」。雜誌社怎麼可能錯過這種素材，有一天早上，某雜誌社拍到了來拘留所會客室的妻子。麻煩來了。雖然雜誌社的意圖原本不是那樣，但妻子不想讓這種傷感的情景成為他人茶餘飯後的閒話。最後，她和幾個工會的人恐嚇（？）記者，搶下了記者的底片。那天會面時，聽到妻子的英勇作為，想到攝影記者驚慌失措的表情，我不僅笑了出來。妻子明顯比我還要剛毅果斷。

就算是這樣，妻子也阻止不了雜誌刊登出她和其他被關押的同事的妻子拿著標語在公司門前示威的照片。有一天，跟我關在同棟樓的K像發現重大事件一樣遞給我一本雜誌。

「哥，這裡有嫂子的照片。」

雜誌上刊登了六、七個被關押同事的妻子，手舉寫著「還我們老公」標語的照片。那時的妻子可能覺得害羞，還用標語遮住了半邊臉。照片下寫著「將要臨盆的某某該如何是好……」一想到妻子當時為難的樣子，我又不知廉恥的笑了出來。

假若妻子知道我被關在裡面時，一有空就拿出那張照片看的話，她肯定不會遮住臉站在那裡的。

巧克力、糖果、部隊鍋

部隊鍋，世界上有哪個國家的飲食文化裡滲透著軍事文化呢？部隊鍋的元祖叫作雜燴粥，這個名稱帶有貶低意味的食物，是在韓戰結束後、赤貧如洗的貧窮年代裡，人們把美軍基地吃剩的軍糧拿來混在一起煮。部隊鍋真可謂是帶著羞恥和殘酷由來的食物。

總之，現在隨處可見做部隊鍋生意的餐廳，ＭＢＣ電視臺附近就有好幾家。中午想不到吃什麼時，我就會慫恿大家：「我們去吃詹森湯[26]吧？」

被慫恿的一方若是回嗆：「洋鬼子吃剩的東西有什麼好吃的！」

我就會用毫無說服力的辯解反駁：「殖民地的後裔吃殖民地的東西怎麼了？」

其實，週末我和妻子一起去看完外國電影後，會再大吃一頓那個名字尷尬的食物。大家都這麼生活，雖然沒必要刻意把這種行為看成與實際利益倫理相勾結的結果，但我還是覺得自己這種生活不符合平時的思維方式，總是主張民族主義的我，感到有些羞愧。

不久前，認識的美國朋友說要請我吃午飯，我心想不如藉由這個朋友，把吃部隊鍋的罪惡感膚淺的發洩一下吧。於是我拉著這個不知情的朋友去吃了部隊鍋，心想著：「盡情享用你們國家的食物吧。」

看著被辣得不知所措的朋友，我說：「我從小討你們國家的飯吃都沒事，別的國家的食物稍不對胃口，你們就大驚小怪的。不是美國產的就不吃，搞什麼霸權啊。」

話一出口，朋友也點了點頭。

從小，我腦中的食物就帶著美軍和美國了。六〇年代初期，我住的筆洞有很多敵產房屋，但大部分敵產房屋都被日據時代的有錢人和美軍占據，我們只能艱難的擠在狹窄的小巷裡跟他們一起生活。我們這些七、八歲的孩子見到美軍就會高喊：「Chocolate! Candy! OK?」然後那些大鼻子就像魔術師不停平空抽出手絹似的掏出巧克力和糖果給我們。

我們鄙視那些跟大鼻子一起住的妓女（唉，現在想來那是多麼令人難過的稱呼啊），也鄙視那些帶有他們血統、跟我們年紀差不多的混血兒。我們用被趕走的日本人留下的「あいのこ（雜種）」稱呼他們。雖然我們對他們充滿鄙視，但對於像魔術師一樣變出食物的大鼻子卻敬畏三分。

26　部隊鍋別稱，詹森指第三十六任美國總統林登・詹森。

每逢假日一早，我們便跑到美軍住的雙層住宅前大喊「Chocolate、Candy」。魔術師們都不會不耐煩，他們會打開窗戶，面帶仁慈的微笑丟出食物。我遇到的美軍對孩子都很親切，他們看起來就像美國戰爭電影中從戰火裡救出孩子的人。住在我們附近的都是親切、經常給小孩食物的美軍。

直到十一歲離開筆洞前，我一直四處乞討。之後超過二十五年的時間，我一直住在沒有美軍的地方，在飲食方面卻從未與美軍和美國斷開關係。幾年前，狎鷗亭洞開了第一家美國知名漢堡店，看到很多人去店門口排隊的新聞時，我想起當年在美軍面前排隊的自己。這絕不是在諷刺那些在漢堡店門前排隊的人，對於戰後的人們而言，所謂的飲食文化，誰又能怪得了誰呢？

幾年前，我甚至接到《獎學競猜》的節目嘉賓Tanya的丈夫邀請（他是在美軍第八軍服役的軍醫）。走進那處像是建在我國土地上的世外桃源，品嘗到從美國本土運來的、真正的美國食物。這多教人激動啊！難道不是嗎？不懂事時跟在美軍身後伸手要東西吃的我，如今正式接到美軍邀請，可以「光明正大」的去討東西吃了。

那天《獎學競猜》節目組的幾個年輕撰稿人不想去美軍基地，總覺得去了不自在，結果第二天都因消化不良，吃的東西全吐了出來。而從小受美國食物鍛煉、甚至是習慣吃用剩餘食物做的部隊鍋的我，一點事也沒有。

誰殺死了文森？

不久前，久未碰面的四個大學同學聚在一起。一個是和我一起在電視臺工作的節目製作人；另一個是很晚才赴美求學、七年後拿到企管博士歸國的朋友；還有一個是剛畢業就去了美國、歷經十年千辛萬苦、事業有成後返回故土的朋友。其實，那天的聚會就是為這兩個從美國回來的朋友接風洗塵。

做節目的朋友平時都有來往，其他兩人卻是年輕時分道揚鑣，如今快要步入四十歲才又聚首，與其說高興，更多的是感嘆世事變幻。大夥見面後，肆無忌憚的聊到很晚，從漸漸增長的腰圍、變成中古（？）體格的健康問題，再到讀書時喜歡的女生。其實都是些再無聊不過的話題，畢竟彼此分開這麼多年，很難再找到共同的公分母了。飯局中，有人挑釁（？）提起了去年我經歷的那些事，於是指責和袒護交織開來。我很明白和生活在另一個世界的人難以解釋清楚這件事，所以也沒為自己辯護什麼。

就這樣，飯局上的話題分成了美國派和國內派。當製作人的朋友曾擔任工會副主委，我們很聊得來，彼此想法也差不多。那天晚上，我們在與美國派的對話中不時感到話不投機，時而還感到慌張。美國派似乎察覺到什麼，抱怨起我們國內派歡迎會辦得沒有誠意，但抱怨也沒持續多久。

果真我們這些國內派可以聊的話題很快就結束了。這時，美國派之間漸漸提高嗓門，展開了爭論。我們國內派根本沒有插話的餘地，原來他們是就美籍韓裔的問題產生歧見。沒錯，時機正對（當時正在擔憂洛杉磯的黑人爆發二次暴動），我們國內派心想，終於能聽到感興趣的話題了，於是默默豎起耳朵，聆聽兩人的爭論。

博士朋友先說：「ＬＡ事件是那些美國人故意激怒黑人與韓國人，讓雙方發生衝突。我看電視就只播了韓國人在最開始開槍的畫面。韓國報紙也有登出來，僑胞也是有問題的，他們既然賺黑人的錢，平時就該對人家好一點嘛。」

開店的朋友接著說：「這位朋友，我也是做生意的，事情哪有那麼簡單，在美國，那些人沒事就拿著槍進來，搞得人整天緊張兮兮的。再說了，僑胞做生意也不外乎賣菜和開超市，大家從早忙到晚已經夠辛苦了，哪還有心思照顧別人啊。更何況，我們對黑人好，他們就會領情嗎？」

聽到這裡，讓我覺得做生意的朋友說的話有一定的道理，但博士朋友並不示弱：「可是你們用從黑人身上賺來的錢買凱迪拉克、住豪華別墅，黑人看了心裡會平衡嗎？當然，我不是說所有人啦。但就是因為這種不平衡感，上次他們才最先攻擊韓國人啊。」

「我可不這麼想。你也在那邊生活肯定也知道，美國是個徹底的資本主義社會，只要不是非法賺的錢，沒人在乎拿那些錢去做什麼。再說，美國又不是最近才用挑撥少數族群的矛盾消除自己結構上的問題。我覺得這和六〇年代，猶太人遭到黑人襲擊的情況是一樣的。」

到這裡，我不禁感嘆起做生意的朋友從現實經驗中獲得的洞察力。他所指的正是美國一直以來所謂低強度、高強度環球戰略的國內版本。話題似乎扯得有點遠了。

博士仍氣勢不減：「不是，僑胞的問題也該稍微思考一下吧。現在吵得不可開交，不是也說韓國勞動市場都被那些非法滯留者占據了嗎？假如這些人用賺來的錢在蠶室那些地方建立起自己的社區，開著現代車下班的話，韓國人看了心裡會平衡？肯定會抱怨四起的，這種假設並不過分。」

在我看來，博士朋友的邏輯有點誇張和偏激，他假設的情況完全沒有現實性可言。儘管如此，就在我單純的掉進博士朋友牽強（？）的情景設定、正摸不著頭緒時，做生意的朋友用簡單明瞭的邏輯推翻了對方的假設，讓還在追究是否存在「現實性」的我感到很難為情。

「換句話說，你這是把事件跟民族情結扯在一起。如果是這樣，那就更沒有追究的必要了。我們可是單一民族，具有很強的排外性，但美國不是。在體制與國家的框架之外，根本沒有能把整體凝聚在一起的東西。不管我們的僑胞在那裡賺錢或群居建立社區，根本都不是問題，況且其他很多族群也是這樣……問題是美國根本沒有針對少數族群的政策，只把問題放在資本主義體制裡讓它自生自滅。這才是問題吧！」

朋友的話似乎很有道理。在俄國或中國，要不就是給少數民族自治權，再不就是徹底同化，而這些國家也存在很多問題和失誤。

做生意的朋友繼續說：「雖然美國人不像那些小日本做些骯髒勾當，但他們也的確存在問題。我在那裡生活深深體會到，就像希臘神話裡不是有一個床的故事嘛，要是腳長出了床外，就把腳砍掉。我就像躺在那張床上一樣，勉強自己要在那個社會框架下生活，如果跑出了那個框架就會被淘汰，就會成為次等。他們根本沒有考慮少數族群或移民世代的特殊性。黑人暴動不就很寫實嗎？都是睡不下那張床、被淘汰的人們的吶喊啊！不，應該說從一開始，那些人就沒給黑人量身訂做床的機會。那些人為了鎮壓吶喊聲，不讓它擴散，才利用我們這些好不容易躺在那張床上的韓國人當擋箭牌。」

或許是喝了酒的關係，美國派的對話漸漸變得更深入，聊起了主觀的體驗。所以我就不再這裡詳述了。雖然做了七年白面書生的朋友有些落後於十年的親身體驗論，但還是有必要提一下他最後說的那番話。

「總拿體制說嘴，那那些傢伙為了完成和鞏固資本主義體制做了什麼？人家制定了法律和規則，最有效傳播法律和規則的手段就是教育，這是社會所具備的能力。簡單舉例，在我們國家不遵守交通規則的人到了美國就遵紀守法，回來又故態復萌，就是因為覺得這樣做無所謂。拿交通規則舉例有點那個，但整體來看就是這樣。制定一個法律，人家會詳細的調查、達成共識，然後才通過，再去遵守。上次的暴動事件，我們看到了社會的某個角落如果爆發結構矛盾，會演變成無法控制的局面，但仍須從整體上認可那些美國人制定出的社會規範框架。」

乍看之下似乎沒有可反駁的空間。不，應該有很多可以反駁的，但我們沒有一個人開口。

子夜將至，我們準備散場了。那天的飯局或許是因為脫離了一般接風洗塵的聚會模式，大家都顯得有些尷尬。我們誰也沒先開口，但都心想著再去找家過了子夜仍偷偷營業的酒吧。在接下來的續攤上，自然沒有人再多說一句那令人心煩的美國了。

＊＊＊

後記

1

五年前去美國出差時，ＬＡ機場的白人工作人員看到從通道走過來的我們，不停用非敬語的韓語喊：「過來，過來。」一定是因為有很多韓國人來的緣故，所以那個人學會了這句話。

個性急躁的我，看不下去他那嬉皮笑臉的模樣，於是走到他面前說了句：「沒教養的傢伙！」這與那天聚會上聊到的內容無關，我想說的是，對於那些生活在美國的韓國人處境，很不幸的，我的認知是從這種情緒化的小插曲開始的。

2

事後提出反對意見或許有些卑鄙，但博士朋友提到「完善的社會規範框架」或許也要根據情況而有所不同吧。請看看生活在美國的詩人馬鐘基[27]所寫的〈中國人文森〉吧：

是誰殺死了文森？

（在汽車之都底特律的某間酒吧，二十幾歲的華裔青年文森，被白人突如其來的棍棒擊中頭部身亡。白人被汽車公司解僱後，一直揚言要殺死所有亞洲人。由於廉價勞動力製造的亞洲汽車大量進入美國，所以自己才被淘汰。藉著酒勁，他一棒打了下去。）

是誰殺死了文森？

（法庭上，白人法官稱這是酒後失手，原諒了兇手，特別判處最輕的兩年徒刑。不久後，白人兇手被無罪釋放。）

是誰殺死了文森？

（我們去遊行，要求公正的判決。我們高喊，這是種族歧視。我們高喊著走在飄雪的市中心，我們把拳頭舉向那看不見的冬日天空。拖著疲憊的身體回到家，我的那張臉至今還在發燙。）

是誰殺死了文森……

27 韓國詩人、小說家，著有詩集《第二個冬天》、《馬鍾基詩集》等。

民族歷史研究會

可以肯定的是，活在當今社會要是不「精益求精」，是會感到不安的。不僅在企業工作的朋友這樣講，就連那些有錢、嗓門大、看起來什麼事都能擺平的國會議員，如今也開始學習了，甚至連總統的讀書清單都能占據報紙的一角。由此可見，我們就這樣過渡到了「文人世界」。很少人的學習環境會比電視臺的人差，不是說電視臺的人特別忙，而是媒體結構本身造成的。根據情況不同，個人所擁有物理上的時間也有所不同，除了特殊案例，其所關注的領域也變化無常，不知不覺中便形成雜學的美德。當然也有人好不容易擠出時間去研究所深造，希望更深入學習，但這對大多數人來講都不是一件簡單的事。

三年前，幾個前輩提議組一個學習韓國近代史的小組時，我之所以猶豫不決，正是由於上述原因，擔心每個人都有自己的日常生活，我們是否能把大家聚在一起。

前輩說，做媒體的必須要有正確的歷史意識。我非常認同他的說法，所以贊成無論如何先搞一次聚會。跟預想的一樣，光招募會員就遇到了困難，我們焦慮了快十天。幸運的是，以最初提出建議、製作局的金承守前輩和報導局的崔容翼前輩為中心，陸續有人加入了。負責實際運作的我則為了設計課程四處奔走，向歷史問題研究所等機構尋求幫助。

就這樣準備了一個月，好不容易開始的「民族近現代史研究會」，第一天就遇上難關。大家針對一個用語的概念詳細討論了整整三個小時，從認真的層面來講這是對的，但從另一個角度來看又非常消耗，所以第二次聚會就少了一半以上的會員，真是令人感到精疲力盡。但留下來的人的熱情相當了不起，兩位創辦者（？）自然不用多說，實力出眾的製作人金英浩和記者洪恩珠也不在話下。如果沒有之後加入的洪嫕媛、朴成洙、李採勳、李是用、嚴才容、吳慶勳和高成浩等節目撰稿人的熱情，我們的學習小組也無法支撐那麼久。

我們用了將近一年細看完開放港口以後的近代史，等到再也沒有可以研究的內容後（真是一句不自量力的話），轉而開始學習俄羅斯和日本歷史，後來還研究資本主義史，吃了不少苦頭。這對於歷史科目不好的我來講是件困難的事，我們這一代學歷史都是死背硬記，然後在忘記之前趕快寫在考卷上，可見當年的歷史教育是多麼荒誕無稽。

我們堅持一週聚一次，姑且不論參與的人數和是否真正理解了學習的內容，總之我們堅守約定的原因是，大家都擔心稍有鬆懈就會開始懶惰，破壞了這個好不容易建立起來的小組。有時，這種形式主義也是能帶來實際影響的。

公司前的啤酒屋「小角落」的甄老闆（我們都這樣稱呼他）每週四都會留出空位等我們去聚餐。比起聚在一起學習，有時我們更重視結束後的聚餐，星期四的晚餐時間給每個人都留下了特別的意義。

最近，我們不聚在一起了，因為大部分會員事務繁忙，抽不出空，其實也是大家都心照不宣的認為需要休息一下了。過去三年，我們都太形影不離（？）了，工作忙得上氣不接下氣，還要寫討論文章，凌晨兩、三點還在找酒吧。如今也是時候厭煩（？）彼此了吧。

聚會中斷後，我偶爾會接到兩個人打來的電話。一個是「小角落」的甄老闆，笑聲憨厚的他會說，最近一到星期四就覺得很冷清；另一個是祥明女子大學歷史系的朱鎮五教授。朱教授和我同歲，我們都曾就讀同一條巷子的學校（當時互相並不認識）。初期《獎學競猜》節目組曾邀請他當嘉賓，我主持那個節目時，他還是特別邀請嘉賓。因為跟我認識，所以負責當我們聚會的顧問。

偶爾，他會打電話來問：「最近那個什麼民族歷史學習會的，還順利嗎？」這位先生到現在還不知道我們活動的名字。

我故意回答：「不知怎麼搞的，學海有涯了。我決定休息一下，直到把學的東西都忘了。」一說完，我自己先笑了。這麼看來，該不會那三年裡只是走馬看花，只把零碎的歷史片段留在腦海。一想到這，又感到很不安。

第二章

再看一眼熄滅的火吧

在這個戰場上，若只注重收視率競爭，
最終只會斷送批判監督、重視公共性的理念，
這正是我輩媒體人真正擔心的。

一日不作，一日三食

一九九三年二月二日，上午十點的ＭＢＣ廣播新聞應該可以記錄進全球電視史。那天，背負同一罪名的三個前科者聚在一起做新聞，這肯定是史無前例。

新聞主播是我，負責技術指導的是去年罷工時被通緝兩個月的工會爭議交涉部長崔重憶，還有負責整體節目運作的ＭＤ[28]鄭燦亨，罷工當時他是民主放送實踐委員會的主管，跟我一起被捕，過了三個月牢獄生活。

罷工當時，執行部門的所有工作都轉給了其他人，拘留和通緝狀態結束後，現在大家陸續回到工作崗位，最晚返回電視臺的我接到的第一項工作是播報電臺新聞，當天便目睹了這種奇異的景象。

「我說，這不是前科者的黑窩嘛！」我們三個人一起站在電臺主控制室的攝影棚前，哈哈大笑起來。

仔細想來，我們真是經歷了各種曲折才又聚在這裡。被拘押當天接受完檢察官調查後，大家坐在散發著霉味、陰暗的首爾南部地方檢察廳看守所裡，誰也不會想到日後我們還能重新聚在新聞現場。我們的處境誰看了都認為會被解僱，罷工結束後，還有一些同事沒被釋放，被放出來的同事也一直在等待懲處。司法處理結束後，還要根據公司規定等待電視臺討論的懲處。雖然大家都很樂觀的覺得不至於被解僱，但想回到從前的工作崗位，應該充滿了萬道關卡。結果與我們擔心的截然不同，公司做出合理的判斷，工會堅持不懈的努力也有很大影響。

總之那天，「前科者們的節日」在我們之間流傳成佳話，彷彿電視臺找到了最適合的人做節目一樣。那天之後，我每週會播報三到四次電臺新聞，雖然身為新聞主播這是最基本的工作，但對於關注我們罷工的人來說，卻成了一個小事件。在我播報電臺新聞的當天，接到幾通聽眾打來的電話。

「在哪都看不到你，還以為你被開除了，真高興再見到你。」

「肯定吃了不少苦，身體怎麼樣啊？」

28 Master Director，總監。

「以後請繼續公正的報導。」

甚至還有光州市民打電話來：「大選結束後，我一直都很失落。如今聽到你的聲音，現在心情好些了。」這些聽眾還會問我：「那什麼時候能在電視上看到你啊？」

這理所當然的疑問，我卻無法回答。罷工結束後，針對工會成員復職一事，工會和公司達成協議（特別是新聞主播，因有人受到不公待遇，工會相當關注此事）。但就我的情況，公司的態度十分強硬。公司的立場是「怎麼能馬上讓主導罷工、引起社會爭議的人復職，等判決結束後再說吧」。此話不無道理。雖然針對「引起社會爭議」的部分，我有反對意見。但我戴著手銬的照片已經傳遍大街小巷，要讓這樣的人上電視，公司難免有所顧慮。

這種氣氛一直持續到一審判決結束。那年二月，《獎學競猜》迎來開播二十週年特別節目，該不該邀我上節目也引起小小爭議。因為節目組邀請了歷屆主持人，總不能獨漏我，但大家針對我上電視的問題意見紛呈，讓我的立場變得相當傷腦筋。

其實，我內心深處對於上電視是充滿恐懼的，那並非抽象的恐懼，而是非常具體的。一審判決後，雖然是從小事開始，但最初播報電臺新聞時，我也無法擺脫那種恐懼。為了所謂的公正報導發起的罷工，最後還要接受法院判決，萬一我做的仍是毫無長進的報導，世人又會如何評價我呢？那種情況我能承受得起嗎？

雖然大家都說不要心急，豁然面對才能充分解決這個問題，但我個人難免會有這樣的顧慮。每次舉行勞資會議時，工會都會向公司提出要求，讓我回到原本的工作崗位。其實我想坦白，這給我帶來了不小壓力。作為一個新聞人，我也很想早日復職、回到電視機前。但我擔心的是不能對自己的節目負責，那種無法承擔責任的自愧感壓抑住我想回到電視新聞的慾望。

若說每個人都需要一個休止期回顧過去，才能展望未來。那麼對我而言，再沒有比這半年多、且未來不知道還會持續多久的「無勞有賃」時間更珍貴了。在這珍貴的時光裡，我不想讓自己成為只有野心卻沒有能力的存在。

（一九九三年三月）

＊＊＊

後記

1

一千兩百多年前，百丈禪師悟出勞動即是禪修，並留下「一日不勞動，一日不吃飯」（一日不作，一日不食）的名言。

據說，心疼高齡禪師勞動的弟子們若把工具藏起來，那天百丈禪師就真的不進食。不知道最近企業提倡不勞動就沒有薪水，是不是來自這個典故？效仿先知的確是很有效的方法。

雖然我並非出於本意，卻吃了半年以上的閒飯。一想到百丈禪師的堅持，真是慚愧。

2

今年四月定期整編節目時，雖然費了一番周折，但最終也沒能復職。五月底的臨時整編節目，我卻接到了一個意想不到的節目。無勞有賃的時間就這樣結束了。回想那段時間，我手上沒有任何工作，卻一直飽受必須「積累些什麼」的執念煎熬。

選擇！星期六——美好嗎？

今年五月中旬入社的前輩朴新緒製作人急著來找我，要我主持一個從五月底開始、星期六上午開播的新節目。

我有些不知所措，四月定期編制節目時，我因接受審判的理由沒能復職，還不到一個月時間，怎麼可能有這種事。而且不是復職回去播報新聞，是去主持生活節目，當然感到有些慌亂。

雖然這樣講很對不起外界關心我的人，但我原本的想法是，就算一年多也無法復職，我也會撐下去，要是最後真的沒辦法重返新聞崗位，打算就乾脆離開這一行。就在此時，朴新緒製作人找到我，不知所措的同時也讓我很苦惱。我不是沒有主持過其他類型節目的經驗，但播報新聞將近十年的我，已給觀眾留下了新聞主播的印象。我最擔心的是，若我去主持星期六上午的生活節目，怕會讓節目和我都顯得滑稽可笑。

我深思熟慮後，打算以公司當作藉口。「朴前輩，這件事呢，不是你我想得那麼簡單，上面絕對不會同意的。」

朴前輩的回答令我意外。「你不說，我這幾天也在為這件事擔心呢，但是都解決了，我們局長已經跟理事報告，他也批准了，現在只要你同意就可以了。」

在我毫不知情的情況下，朴前輩都打點好了，我連思考的餘地都沒有。我感到有點委屈，我原本想，反正因為罷工、拘留和審判已經九個多月沒有播報新聞了，復職時至少先接一個沒什麼壓力的節目。而且我認為在復職前必須守住自己的形象，才能對自己主持的節目負責，可半路殺出的朴製作人把我的這些想法都化為雲煙。

我追問朴製作人，怎麼不跟我商量一句就促進了這件事。他的態度很堅定，你打算這樣等到什麼時候，趁這次機會也淨化（？）一下形象。如果這個節目死了（我們都這麼形容收視率差的節目），你我就都完蛋了。我費了好大一番工夫爭取一定要跟你做這個節目。朴製作人略帶誇張的說詞並不是在說服我，而是在施壓。那天，我沒有給他答案。又過了一段時間，我才終於以那個節目重新回到電視機前。

在分配到那個節目前，我也推辭過幾次機會，期盼之前堅守專業形象的努力成為期待未來的後盾。這次情況卻不同，要是一直堅持下去，我會被扣上「動不動就不做的人」的帽子，也要顧慮煞費一番苦心讓我重返小螢幕的公司立場。更何況，周圍的人也會認為我的煩惱太過「養尊處優」了。此時重要的是，我能否對那個節目、對這份工作負責，我決定嘗試看看。

決定復職後，各家報社或大或小的刊登出我的消息，其中一些報紙還以「變身」下標，或許是他們覺得這樣的用詞更有吸睛度吧，我卻不這樣認為。選擇符合節目性質的表達方法不能看作是「變身」，重要的不是節目的內容和形態差異，我對節目的態度和選擇的方向，才是最重要的吧？我是不會改變的。真正傳達出我的想法的人，只有平時了解我性格的某電視專門雜誌的Y記者。

主持了兩個月《選擇！美好星期六》後，如今我不再苦惱重返電視的事，更多感受來自努力在名為收視率戰爭的戰場上廝殺。幸運的是，那個節目沒有「死掉」，我和朴製作人「完蛋的日子」還沒有到來。但我們真正苦惱的是，究竟這個節目真的像名稱一樣「美好」嗎？

對於做電視的人而言，這種捫心自問並不少見，但問題的答案不是我們能回答的。評價要由觀眾來給，我們能做的只有不斷的苦思，這種苦思越是激烈，答案就越會接近「對的」方向。

哈佛留學生與朝鮮族學生

某知名元老級演員的兒子，以優等生的身分從美國家喻戶曉的大學畢業，成為熱門話題。不愧為美男演員的兒子，功課好，容貌也出眾，因此更引起大眾關注，再加上他把那些沉浸在優越感中的外國大鼻子都甩在後面，也讓國人感到痛快。報章自然不會錯過這等喜事，各家紛紛刊出了帥氣的學生照和他所獲得獎狀的「特別」意義，以及一直盡心盡力照顧他的父母等採訪報導。這件事可說是具備了所有可以成為話題的要素。

且不說報紙，電視的情況又如何呢？毋庸置疑，各電視臺蜂擁而至，甚至同一家電視臺裡的不同節目都在爭先恐後的邀請這對夫婦。經過一段時間的爭取後，最終MBC的某個訪談節目成功邀請到這對元老級演員夫婦，節目預告格外強調「獨家訪談」。不僅如此，幾天後其他訪談節目也紛紛打出「獨家」標題邀請到這對夫婦，其他電視臺肯定覺得很不是滋味。

最初，我主持的星期六生活節目也提出邀請那對夫婦上節目，大家覺得教育孩子的方法可以當作資訊提供給觀眾，但我從最開始就反對這件事（與當事人的意願無關）。或許這件事能成為一個話題，但它並不能成為所有觀眾的典範。美國大學沒有優等生畢業制度，他以優等生畢業的消息只是訛傳的誤報。對於他付出極大努力取得的成果，我絲毫沒有想要貶低的意思，只是陳述事實，但我們用個人英雄主義的標準去看待他取得的成績，然後自顧自的加上「優等生」的形容詞，這個錯誤完全在我們身上。

可以肯定的是，那個學生一定是畢業生中最優秀的，但並不該成為所有學生的榜樣，他父母的教育方式也無法成為其他父母的典範。我反對的理由很簡單，這個國家絕大多數的學生和他們的父母，都沒有那種受教育和提供教育的機會，也沒有那個必要。想想看，有多少孩子能在國中畢業後赴美留學，又有多少父母能負擔得起？況且，為什麼要這樣做呢？

我絕不是否定留學的必要性，有時為了積累學識，這是有必要的。但如果在教育的初級階段就把留學當作逃避教育結構的錯誤方法呢？（當然，我不是針對那個成為話題的特定家庭，只是就這種在限定群體裡的普遍現象而言。）

觀看華麗且充滿才智的女主持人的訪談節目，聽到那一家人引以為榮的故事後，反而更讓我思考我們的教育現實，以及在那種教育體制下壓抑著的孩子們。

＊＊＊

看到參加《獎學競猜》的中國朝鮮族學生，讓我更加心疼我們的孩子了。我曾經主持過的《獎學競猜》開播一千集的特別節目特地到中國錄製，請來了朝鮮族學生。

說到中國的朝鮮族，不僅讓我想起我們過去的樣子，淳樸、有點傻氣、沒有被汙染，也不具執念。或許是因為我心存這種偏見，所以在看節目時發現了他們與韓國孩子的不同之處。

孩子們要用那個年齡特有的適應能力去克服這種帶有資本主義色彩的競賽形式，他們身在這個選定對手、爭奪分數，進而強調獲勝者可以得到更多分數的規則裡。仔細看的話，可以發現在這種形式裡最重要、也是必要的條件，是要讓每個人看起來沉浸在競爭意識裡，因此節目的緊張感並不是來自於小組得了幾分、有沒有取得勝利，而是能不在意對手小組的得分，只為自己沒有答對問題感到焦慮。我看到那些朝鮮族學生在乎的不是輸贏，更在乎自己知不知道答案。

看到那些孩子，不禁讓我想起當年主持《獎學競猜》時發生的幾件事。

某個學生判斷自己的分數進了獲勝的安全線內，於是就算知道的問題也不肯搶答，因為他覺得沒必要答錯問題再扣分。他心裡打的算盤是，只要能贏何必去冒險。有一次，一個學生的答案不算完整，被判定為錯誤答案，沒想到錄製節目期間，臺下的學生家長紛紛站起來表示抗議，質問我們孩子錯在哪裡。解釋過後，當事學生認同了我們的說法，他的母親卻還是一臉怒火。最後我也發了火。我問她，這樣爭取來的第一名有什麼意義？甚至還有坐在臺下的父母趁主持人不注意，偷偷告訴孩子答案。

這只是我們教育問題的其中一個層面。我加入《獎學競猜》時，製作團隊就思考過很多這類問題，但競賽節目的形態最終還是無法克服其中存在的教育問題。但中國朝鮮族學生卻能在《獎學競猜》所強調的形式裡，用自己的方式去碰撞，這給了我全新的感觸。

我的感觸或許是來自於前面提到過於傾向性的偏見，又或者是我對那個國家的不了解。也許有人會說，我單憑畫面上呈現的形式與內容的不同，獲得了毫無根據的新鮮感，對此我也無話可說。再者，也會有人指出僅憑幾個學生就來評價我們自己的教育和學生，也可以視為一種偏見。

無論中國、美國或其他任何國家，我都沒有想要拿那些國家與我們的現實比較，我也沒有那種資格。

但在永不停止的競爭過程中，必須淘汰少數之外的大多數，而那些被淘汰中的大多數應該受到社會保護。我們必須改變為了競爭不惜犧牲性命的現實，就算改變需要很長的時間，但現在正在發生的社會改革不也是如此嗎？

雖然不能阻止他人去尊敬別的國家的總統，讓孩子過早出國留學、追求成功，但對於生活在我們身邊的人，不管他是不是英雄，都能尊敬且真心的去愛戴他；就算不是第一名，但能尊重他所付出的努力。這才是更重要的，不是嗎？

節目終歸於「人」

我認為節目的成敗取決於一起共事的人的緊密程度，而想要關係更密切，免不了幾個繁瑣的前提條件，但如果滿足了這些條件，關係變更好以後，做任何事都會更有幹勁，這樣的團隊做的節目才不會失敗。

我所指繁瑣的前提條件，首先是從事這個行業的個人，對於媒體該朝著哪個方向發展，必須方向一致；其次是願意分享由此衍生的問題意識；最後是要能理解彼此的行為。要滿足以上三個條件，若只有兩個人倒還容易，主持人、製作人和節目撰稿人等都要符合，真的非常困難。所以團隊才會出現關係不合甚至反目的情況。

從這點來看，我相當幸運。別人很難遇上的組合，我卻有好幾次機會都能與投緣的人一起共事。

我主持了兩年的《獎學競猜》節目團隊就都是這樣的人。不僅是把我帶進此節目的閔炫基製作人，之後接手他的職位、做了一年半的李如椿製作人也都具備以上三個條件。他跟我同期進入公司，跟我一樣對於製作節目有很多想法。雖然我們不是教育者，但都覺得應該傳達給孩子正確的知識、歷史和社會觀念。這種想法有時會與基礎教育相互衝突、偏離常軌，因此也常使我們陷入困境，不過這樣做很有成就感。

而且我認為在帶有菁英色彩的競賽節目裡，很少有人會像他那樣去思考問題。他把節目最後的主題曲歌詞換成「不是只有第一名才擁有喜悅」，雖然他無法跟孩子說明，我卻很尊重他這種問題意識。他費盡心思想要正面表達身為媒體人應該具有的問題意識，其他節目偶爾會巧妙利用商業化勾結大眾的膚淺行為，他也不會去做。節目撰稿人也是如此，李真淳、金孔淑和宋美京總是從後面用力推著我們邁進，讓我們無法偷懶。

當時一起做《獎學競猜》的人如今都分道揚鑣了。李如椿製作人成為《現場體驗，主婦勘查》的節目製作，李真淳去做廣播節目撰稿人，還有金孔淑和宋美京分別去了報導製作局和教養製作局當撰稿人。我們這些離開節目的人偶爾會聚在一起吃午餐，由此可見，我們真的是一個默契絕佳的團隊。

＊＊＊

最近發生的事讓我再次肯定自己是個幸運的人。

我和最近主持《選擇！美好星期六》的製作人朴新緒之前也曾經共事過，平時關係不錯，這次合作節目卻常因為瑣事發生衝突，所以有種不好的預感。但沒過多久，我便發現問題的根本出在自己身上。我對這個節目的態度過於遲疑，根本原因是出於擔心這種節目會縮小觀眾（目標觀眾主要是被統稱為主婦的女性）看待世界的視野。再者，我對於這個與我至今為止的形象完全不同的節目感到難以適應，雖然不知道外在看起來如何，但內心是非常制式化的在面對這個節目。而且製作人連我的服裝都很在意，「強迫」我穿得放鬆些，我怎麼可能會和他意見統一呢。

過了一個月，我決定調整自己的心態，盡最大努力把手上的工作做好。雖然多少來自職場專業的自尊心，但真正的理由是隨著錄製的集數增多，我也對節目團隊信心倍增。朴製作人跟平時一樣以單純、健康的方向製作節目。例如，在選擇免費修繕房屋的對象時（這是很重要的節目單元），他會用心挑選相對不富裕的家庭，企畫時也都會盡量避開滿足部分中產階級的虛榮心或聳動的內容。

任何節目都會受到批評，我們也不例外。但如果站在幫自家人說話的前提，這個節目的團隊已經在固有框架內煞費苦心了，我的想法與製作團隊的想法最終是一致的，雖然讓我明白這個事實花了一些時間，但明白後便卸下了所有心防，之後再沒有任何問題發生。

什麼才是「好節目」？按照教科書式的說法，是指有吸引力、有益、正經的節目，再補充一句，就是傳達內容時要確保公正（這是新聞節目應具備的道德準則，雖根據情況不同，也會造成問題）。這樣看來，現在和我共事的這些人，雖不能百分百符合「好節目」的標準，但我相信他們至少是努力朝著那個方向去爭取的人。

除了朴新緒製作人，在他手下辛苦做事的朴盧業、安宅鎬製作人；工作人員李世龍、金惠永、金仁子、許秀婃，以及節目撰稿人全玉蘭、李垌恩、金美姬，趙珠喜等，都是朝著那個方向努力的人。我相信日後還會再與他們見面，就像跟《獎學競猜》的同事一樣。

報新聞都要背起來嗎？

不在電視臺工作的人總會問我這樣的問題：「那些新聞都是背好的嗎？」雖說是理所當然的疑問，但每次被問到我都覺得挺無奈的。人又不是機器，那麼多新聞怎麼可能都背起來？每位主播情況不同，通常會盡可能大致背誦內容，但也有人不看攝影機下面的稿子。我除非有特殊情況，不會那樣做，因為我認為身為主播，應該是一個單純的「傳達者」。播報新聞時，沒必要凸顯主播個人，但現在媒體的趨勢顯然不是這樣。

隨著技術發達，特別是滲入電視圈的「商業」思維，使得主播背誦或「看起來像背誦」那些新聞。某種程度來看，這也成了賦予新聞主播個人風格的權宜之計。大概七年前，電視臺引進的讀稿機擔負起讓主播「看起來像背誦」新聞的角色（當然，之前也用過手動調轉字幕的原始方法）。美國前總統雷根訪韓時，就在演講臺前安置了一臺讀稿機，盡情的耍酷（？）後離開了。就因為這樣，當時韓國的總統進行電視演講時也會安置讀稿機（當然，他們可沒有演員出身的雷根那種氣場）。

仔細想來，電視臺應該比總統更需要那種便利的機器，因此新聞節目自然引進了。從那時起直到今天，讀稿機正在把《新聞平臺》、《新聞Wide》還有其他新聞播報臺的主持人變成「天才」。

事實上，美國媒體從更早以前就在新聞和各種節目中使用讀稿機。美國媒體的商業操作是將主持人打造成明星，為此，主持人的臉占畫面比重也越來越大。在這種情況下，讀稿機扮演起不可或缺的角色。而且他們也讓主持人可以編輯新聞，發展出賦予主播一定程度權限的主播體系。

以公營媒體為主流的歐洲情況就不同了。畫面中主持人占的比重不僅不大，甚至乾脆手上拿著稿子讓觀眾看到。他們認為這樣反而能提高觀眾對新聞的信賴度，主持人的個人風格被徹底屏除在外。他們所擔心的是，不必要的個人特色或為凸顯個人特色而採取的某種行動，會對新聞造成影響。聽說歐洲最近的媒體形態越來越接近美國了，但我覺得從原則性的意義來講，歐洲的公營媒體體制所追求的媒體形態應該獲得更多尊重。

我們的情況又如何呢？很多人批評我們掛著公營媒體的牌子，卻披上美國式商業媒體的外皮。特別是民營媒體出現後，在激烈競爭下，商業化趨勢已經嚴重到令人擔憂的程度。綜藝節目和電視劇自然不用講，就連新聞都把主持人商品化了（像是對新聞主播進行人氣投票，再列出排名的無意義形式，大家看法如何？）。

在既不像公營也不像民營、模稜兩可的體制下，新聞主播無法正確傳達內容，有時還要去在意呈現出來的東西。像是在NHK和BBC看到為了挽救新聞信賴度和公共性，主播必須堅守「刻意的樸素」，偶爾會轉換成俗氣的方式出現在我們的媒體上。這不是單指穿著，我認為這種樸素應該要來自主播的態度和用詞、甚至表情。幸好至今為止我還沒看到完全淹沒在媒體洪流中的主播。即便主播能滿足於背誦故弄玄虛、用修辭包裝的內容，利用畫面上的所有元素修飾自己，若觀眾仍覺得他被埋沒，那便是我們媒體的不幸了。

正因如此，當我不斷被問到前述問題時，才會覺得無奈，即便這個問題單純出於好奇。意外的是，除了部份關注甚至對媒體扮演的角色及影響力感到恐懼的人，相當多人——也可說是絕大多數人——對於媒體所抱持的疑惑都很單純且表面。要是遇到像我這種在電視上露過臉的人更是容易被問到，所以只好拿自己我遇過的問題舉例了。

「你負責播新聞，那你可以隨意刪減內容嗎？是只要照著稿子唸，還是自己寫、自己修改呢？」這是對美國式主播體系有所耳聞的人提出的問題。

「如果不是負責製作新聞的人播報，主播是不能隨意選擇內容的，只有少數例外。而且若沒有特別要求，都只會照原稿唸。」這樣回答的話，對方很容易會聯想到「鸚鵡」。

這個帶有嘲諷意味的詞彙因某位媒體人被議論之後，我和同事偶爾會在有必要時拿來自嘲。但這種自嘲只限於沒有找到媒體正確面貌的前提下，才會出現「集體情緒的曲解」，不僅是主播，就連撰稿人、攝影、編輯和負責傳播的所有媒體人，都逃脫不了這個自嘲的範疇。

因此，我們應該實現整個體系、過程和目標都明確、健康，製作出整體意義上的「好節目」。

只要能夠如此，就算要我扮演鸚鵡照稿唸，又有什麼好羞愧的呢？

正門前的臺上

1

ＭＢＣ正門前，一週至少有兩、三天會被十幾歲的孩子們擠得水泄不通。有演出或綜藝節目錄影的幾小時前，孩子們從白天就蜂擁而至，快到晚上時，整個正門乾脆被他們占領了。據我所知，那些孩子的目的只有一個，就是想親眼見一次自己喜歡的明星。因為那些來看人氣歌手的孩子們，連車道也常常堵塞。

他們在錄影前後聚集，還會檢查（？）進出電視臺的車輛，如果車裡坐著喜歡的明星，就會亂成一團。看著那些孩子，我的思緒總會陷入混亂，這種混亂來自想強迫自己去理解他們。但說實話，我總是失敗。

站在孩子立場的人會說這都是大人的責任，令人窒息的考試至上教育、威權主義的社會風氣，所以生活在這種環境下的孩子才會成為娛樂產業的犧牲品，媒體更是把這種結構擴大，所以不能只責怪孩子。但為什麼我的大腦可以理解這些話，心裡卻想對那些眼神失去焦距的孩子大喊：「為什麼總是要犧牲你們？明明有很多健康的方法可以克服現狀。」

我的混亂狀態直到孩子們的尖叫聲從耳邊愈來愈遠後才停止，接著又會響起像副歌一樣的想法：孫石熙，看來你也老了啊。

2

揭發某祈禱院問題的節目播出後不久，祈禱院的人便聚集而來，那陣仗可不簡單，最後乾脆在公司門前搭起帳篷，露宿了三天兩夜。

據說祈禱院長具有非凡的能力，可以用按手禱告治療百病，名聲享譽全國。我無法用現代醫學的標準判斷他是否有這種能力，所以只能聆聽他們的說法。我了解到的是院長只要求信徒無條件道歉，這讓我更加相信該節目製作人信心滿滿所揭發的內容——那些將此生最後的希望當成賭注、聚集在祈禱院的人，卻在按手禱告的過程中染病。那一雙雙聚集在帳篷裡、眼窩深陷的眼睛，看了教人心疼。

祈禱院的人經過三天兩夜的「抗爭」，得到公司答應會播道歉聲明後才撤走。儘管電視臺報導的都是事實，公司還是輕易讓步。要是這麼做他們就能重拾「希望」倒還好。雖然他們的希望只有一個，但我們要尋找的真相除了那一個，不是還有很多嗎？

3

祈禱院的人回去後過了幾個月，這次聚集而來的是和尚。祈禱院的人露宿幾天後就回去了，我們可沒那麼好打發，至少會在這裡待上一個月，把崔某某記者叫出來，ＭＢＣ社長必須道歉。一想到公司門前要變成帳篷村，我不禁先嘆了口氣。

佛國寺新造的梵鐘「統一之鐘」因製作出問題，不但會漏雨，聲音也不及大鐘響亮，電視臺出動攝影機採訪，這下惹惱了製作梵鐘的人（其中還牽扯到製作梵鐘的費用問題，看起來很複雜）。最後演變成不只惹惱了他們，甚至還延伸到侵犯宗教權利的地步（當然，這只是部分和尚的主張）。那天公司門前足足聚集了七、八百名和尚與信徒，他們徹底把大門堵死，高喊：「兩千萬佛教徒拒看ＭＢＣ！」

「梵鐘沒有任何問題」與「報導內容屬實」這兩種主張僵持了好幾日，最終以實力得出了結論。公司進駐了有如李舜臣將軍般威武的戰警[29]，所有大門都被封鎖，和尚與信徒衝破了戰警的防線，催淚彈爆炸了（向聚集在電視臺前示威的人投放催淚彈，在我記憶中那天應該是第一次）。戰警這次投放的催淚彈跟之前投向學生示威活動、俗稱的「發瘋彈」相比簡

29　戰鬥警察隊，分為「作戰戰鬥警察」，主要進行對間諜作戰；「義務戰鬥警察」則負責進行警備、交通外勤、派出所勤務、防犯巡邏等。

直就像開玩笑一樣，不過是想讓他們嘗嘗滋味，沒想到大隊人馬很快就散開了。和尚怎可能忍受得了催淚彈，摀著鼻子的戰警噗哧笑了出來，一副絲毫不把這種示威看在眼裡的表情。說真的，總是負責應對激烈示威的戰警，像這種可以一邊看明星、一邊輕鬆應付的示威，應該跟休閒活動差不多吧。

但佛教徒們重新振作起來，展開靜坐示威。「李舜臣將軍」們一臉兇惡的斜舉短棒在門口圍了好幾圈。曾經（罷工時）衝進來抓我們的警察，這次徹底的在保護我們，對立一直持續，年輕健壯的青年信徒在正門前徘徊，員工進出的大門也被封鎖了，有時連我們進出也會被戰警攔住，看來世上的事總有兩面性，凡事都很難說。

佛教徒最終接受了公司「表示遺憾」的說法而撤離，臨走時留下了可能何時還會再來的話。幸好「一個月」在六小時後告終，但我心裡還是感到很不爽快，因為這讓我想起更早之前的某次「毫無力量的示威」。

4

今年四月中旬，春季節目改編結束沒過多久，那場「無力的示威」展開了。

星期六下午，公司正門前聚集了一群由孩子和女性組成的示威隊伍。每個人手裡拿著的牌子寫著：「還我們《POPOPO》」、「刪減兒童節目的MBC醒醒吧」。

ＭＢＣ以收視率低為由，將原本每天播出的兒童節目改為每週一次，引發觀眾群猛烈的責難。那天正門前舉行的示威是由包括ＹＭＣＡ在內的目標觀眾群主導，他們在開始示威前召開了記者會，運用所有可能的方法希望ＭＢＣ改回原有時段。喜歡針對電視做文章的報紙也都站在觀眾這一邊，各個團體還發起打抗議電話的行動，可以說他們已經盡力了。

我非常關心此事件的發展，假如這樣的努力能讓《POPOPO》重新變成每日播放的節目，那麼這將會是迫於觀眾壓力而首次進行的編制變革。雖然我覺得編制本身不應該附和觀眾的品味，但朝健康的方向修正軌道，是可以在觀眾的強制下實現的。

關於《POPOPO》節目縮編的抗議及這件事帶來的結果，完全可以成為近來越發積極討論觀眾運動的試金石。但結果並不樂觀，公司執意縮編，看來任何理論都比不上收視率。

其實，左右節目編制的正是觀眾。《人類時代》的落幕也好，《POPOPO》被縮減也罷，究其根本，不都是因為觀眾不買單嗎？正因如此，在多媒體競爭的時代下才會迫切需要「覺醒的觀眾」，目前覺醒觀眾的力量還太薄弱。

我之所以把四月這場示威稱為「無力的示威」，並不是因為那是「婦女和兒童」的示威。

（一九九三年七月）

文化中心可以成為超市

「電視最根本的目的是要盡可能吸引觀眾長時間的收看。除了美國，我還從沒見過哪個國家的民眾像韓國那樣，徹底被本國做的電視節目所主宰。」

這句就算是出自韓國評論家之口也不會引起爭議的話，其實是埃及新聞工作者沙米爾·加勒比所說。他在前面談到關於電視屬性，極其明確的一針見血，所以沒有什麼好補充的。但接下來他談到了對美國電視的反感，加上對埃及民眾收看電視的形態心存擔憂，所以未能更加深入了解其他國家的具體情況。

他的比較對象是那些可以不靠看電視來打發時間、經濟和文化相對自由的歐洲先進國家民眾。他只顧著往上看了，如果把他的視線水平移動去看看最東邊的某個國家，那他就不會說「韓國的問題很嚴重」了。

電視迅速普及，隨之而來的是電視媒體強大的影響力，然後是利用此影響力的軍事政權，主導意識形態的傳播和愚民化政策。從原因、過程到結果，或許存在著順序上的錯誤，但若以批判角度來看，韓國的電視文化歷史和現象就是這樣一目了然。我故而借用平時毫不關心國家的評論家的話，是想表達：我們的電視文化搞不好就跟「第三世界」一樣（但請不要誤會我的第三世界觀是扭曲的）。

文人政府上臺的今日，非但沒有解決電視存在的最根本問題，反倒雪上加霜般捲進極其嚴重的收視率競爭。在仔細檢視、改善過去飽受批評的不公正性，以及不健康的愚民化等日積月累的問題前，我們就被所謂的收視率競爭推上了你死我活的戰場。

一九九〇年七月，在軍事政府統治下，為了編制電視臺結構而強行通過的法案也讓我們充分預測到這種顯現。在我們尚未實踐公營媒體體制的狀態下，所謂新生的民營電視臺製作的節目可以說品質低劣。他們強詞奪理聲稱這是在為與日本衛星電視火拼的中小企業增加獲得電視廣告的機會。我們始終無法理解政府的盲目，在選定企業的過程中，政府甚至展現出連孩子都覺得異想天開的邏輯——他們在眾家電視臺雲集的汝矣島有房產，所以選了他們。

看看近來的現實吧。當時，政府堅持稱透過競爭可以做出優質的節目，這在現實上顯然毫無可能性，反倒是那些持反對意見的悲觀者預測中了——「還不是時候」。當然從某種程度來看，電視文化的確進步了，整體卻遭受到節目品質下降的批評。

來看一下最近的例子吧。兒童節目代表《POPOPO》只因收視率下降，不但沒有重新考慮播出時段的問題，就直接縮減成每週只播一次的節目。喜愛的觀眾紛紛跑到電視臺抗議，只顧收視率的電視臺卻沒有絲毫動搖。

擁有兩個頻道的電視臺以頻道差異化為名義，將其中一個的娛樂性極度擴大，反遭受主導收視率競爭的批判。他們甚至只試播一次，若反應不好就直接把節目收掉；民營電視臺更不用說。星期日晚上播出的某個節目低級化已經超越底線，有傳聞稱因總統也皺了眉頭的關係，節目忽然就「死掉了」。由此可見，政府對於電視臺編制的干涉，說來也夠丟人的。

說得好聽一點是公、民營聯合，實際上都只是為求生存的平民商業電視體制。

「任何規定和規則都無法把超市變成文化中心。」針對商業電視的局限，公營電視的信奉者，現法國公營電視臺A2和FR3會長艾爾唯・布魯吉（Hervé Bourges）說了這麼一番話。可是就連他負責的公營電視也無法堅持他所主張的「想為更多觀眾帶來更豐富、廣泛的節目類別，就必須充分扮演好提供訊息、娛樂和文化的角色。」公營反倒難以徹底擺脫「與民營電視競爭，為了賺取廣告收入，節目品質變得低質」的批判。

雖然超市無法成為文化中心，但文化中心隨著資本的倫理隨時都可以變成超市？沒錯，隨時可能。不用拿其他國家舉例，我們只要打開電視，「現實」就暴露無遺。這樣一來，我們便不得不再次聆聽沙米爾・加勒的話了。

「從嚴格意義上講，那些討論社會或政治問題的節目也很難做到真正的社會批判。為了尋找解決未來問題的方案，媒體應該從這種意義出發，去分析過去和現在的社會問題，但這種節目反而把一時的興趣鎖定在觀眾關注的事上，因此我們製作的節目都無法從中穫得有價值的教訓，最後只剩下娛樂。這是多麼令人惋惜的事啊！」

在這個生存的戰場上，如果只注重娛樂的收視率競爭，最終只會斷送扮演批判監督、牽制角色、重視公共性的電視理念，或是像海市蜃樓般隨風而逝。這正是我輩媒體人真正擔心的。

（一九九三年六月）

全能主播的薄命時代

ＭＢＣ後面商店街的快餐店老闆娘最近也還是認不出我。應該說，不是她記不住我是誰，而是她不在意，這跟記憶力沒什麼關係。

幾年前，我跟同事第一次去那家店，老闆娘看到我說：「我好像在哪裡見過你。」

我很難為情，於是回答：「我來過幾次。」

老闆娘馬上回了句：「啊，是喔。」

就在大家笑著帶過時，一個同事開玩笑的說：「阿珠瑪，妳不知道他是誰？他可是上電視的人。」

「電視？」

「是啊，晚上妳把電視轉到十一臺就能看到他了。」

「是喔，什麼時間？」

「新聞時段，他可是新聞主播。」

我坐在那個同事旁非常不知所措，於是戳了他幾下。老闆娘接下來的回答，惹得大家哈哈大笑起來。

「十一臺，就是那個ＴＢＣ囉？」

天啊，怎麼提起了ＴＢＣ？十幾年前就沒了的東洋放送，被這位就在ＭＢＣ後面開店的老闆娘，用十一臺又重新召喚了回來。原來那位老闆娘根本不看電視，從早到晚忙著做生意根本沒空，也對電視不怎麼感興趣，不認識我是理所當然的。

走出那家店，我感到特別愉快，因為我認為周遭正需要這樣的人。我在電視臺工作，成為公眾人物，內心難免會產生特權意識。對此，老闆娘對我毫不在意的話語多讓人痛快啊。做電視的人都存在著傳統觀念上的普遍錯誤，自以為上過電視，大家就都會認識自己。反過來，除了像老闆娘那樣的人，更多人則對電視的傳統觀念存在誤解，我就說一下關於主播的事吧。

有人問我ＭＢＣ有幾位主播，我回答三十多位時，對方都會驚嘆：「那麼多？」如果問ＫＢＳ同樣的問題，那肯定會加倍吃驚，因為他們的人數是我們的兩倍。

之所以會大吃一驚，純粹因為他們所熟悉的主播根本不到那數字的一半，那其他人都在做什麼呢？傳統觀念的漏洞就在這裡。人們只記得他們耳熟能詳的那幾個，其他人就不記得了。不是記不得，而是沒有去記。如果告訴他們主播的名字和現在主持的節目，或許就能想起這個人的存在。

但比起這些，還是糾正一下傳統觀念的錯誤吧。大家不可能記得所有主播，也沒有那個必要。在電視普及初期，少數主播上遍各種節目後才會被大眾記住，但那已是原始的形態，也是不可取的方法了。如今已進入在特定領域需要專家的時代，全才的時代已經過去。

當然，包括我在內，人不可能完全沒有名利心，但我們應滿足於成為專業人士，而非全才。不知從何時開始，電視臺內外產生擔憂主播領域縮小的聲音。但我認為這是對變化中的電視環境認知不足。世界變得多元化，電視所做的領域也更多樣化了，主播怎麼可能應付得了所有領域呢？雖說我堅決反對那些別說訓練、連素養都不具備的人只憑人氣就接手節目。但我絕對願意舉雙手贊成身為某領域的專業人士，在具備了電視素養、並經過一定訓練後接手節目。辯論節目交給司法人員，綜藝節目交給歌手藝人，只要他們具備以上條件，那麼節目就不會有任何問題。

若是如此，那選擇主播的方向也就不言自明。不只需要主持技巧嫻熟的技術者，而是要成為專家。簡單來講，昨天還在播報新聞的人，今天要他去主持綜藝節目，就算他是電視達人恐怕也很難勝任。再者，要負責一個領域的工作，必須提供現場經驗實踐等機會。若說電視的核心是「形象」，那主播也要具備「某種領域的專業形象」。不能說現在所有主播都具備專業，但必須朝那個方向努力。即使是在特定領域、只針對特定觀眾，不被大眾熟知，但只要在自己的領域不斷深耕，那麼節目的品質也會隨之提升吧。

那個聽到ＭＢＣ主播超過三十多名後大吃一驚的人所抱持的傳統觀念（主播要主持很多節目，要讓所有人都認識），從已經過去的電視原始時代，直到今天也沒有被扭轉。

＊＊＊

後記

有話直說的後輩金守貞和姜在馨有時會督促我，多關心主播們的問題。原來坐在金守貞旁邊的崔宰赫已經在著手準備主播專業化方案的論文了，這讓一直只會嘴巴說說的我感到很慚愧。

乙淑島的故事

應該很少有人記得我曾主持過的一個節目《這裡是85現場！》。正如節目名稱，那是一九八五年播出的節目，節目企畫目的是想介紹人們流汗打拚的勞動現場。

那個節目每週只播一次，是我差不多入社快一年半時接到的第一個像樣的節目。之前我的工作是負責播報稱為「瞬間新聞」的《一分鐘新聞》（那是我第一次在電視上拋頭露面播報，至今還有很多人記得那時候的我）。播報時間很短，根本沒有列在節目表裡。結束這個工作時，我雖不捨，卻也更期待能去做更大的節目。

我已經做好衝鋒陷陣的準備，加上新節目融合了現場報導與紀錄片形式，我覺得更適合自己。那年春天，我還累積了四十多天海外採訪的經驗，因此對這個節目充滿熱情。

製作團隊為了照顧我，原本打算另外派外景記者，主持人只要在攝影棚裡負責控場，這樣我就可以繼續播報《一分鐘新聞》，但我謝絕了他們的好意，堅持要親自出外景和主持。

就這樣，我開始了每週五天穿梭在全國八道之間的流浪生活，女主持人被我害得哭喪著臉，說自己八字裡硬是被塞進了勞碌命。

我相當積極努力，開場白和結尾詞都要親自寫才覺得安心（現場報導和紀錄片的開場白與結尾詞很重要，必須包含主題）。除此以外，還會盡量加入自己的想法，甚至幫忙扛攝影機。拍攝用的ENG攝影機相當重，攝影師整日扛著它到處走，絕對會累垮，到時就拍不出理想畫面了。別人會說我什麼事都操心，但我覺得如果可以就要做到完美。就這樣，我給攝影師們留下了能一起做事的好印象，也因此在這種很容易變疏遠的工作關係下，還能笑著相處。

我們進入礦坑採訪在坑道盡頭工作的人們；為了尋找捕鯷魚的漁船，徘徊在忠武海岸；或是整日穿行在吵雜的市場內；秋天一到，我們往返於盛產水果的全羅道和慶尚道，就像在家裡的房間穿梭般頻繁。

但節目開播沒多久，我們便陷入苦惱。事實上，從打算做這個節目開始，就預想到會有這種苦惱。人人都知道一九八五年的狀況，那時還是五共統治[30]的殘酷時期，大家都心知

30「第五共和國」約為一九八一至一九八八年，時任總統全斗煥展開近八年的獨裁統治。

肚明，此企畫的大前提「流汗的勞動現場」其實是為了傳播「強烈的希望，積極的看待世界」。這個節目本身就不是製作團隊親自企畫的節目，而是根據上級下達的指示策畫，所以每個人都做好了心理準備。但儘管如此，我們還是竭盡全力地希望盡可能少散發出那種「味道」，這並不是件容易的事。

起初節目播放的是與企畫初始目的不符的節能內容；到了警察節，我們採訪了一線刑警的一天。做這些節目（當然，我們很認同他們付出的辛勞），牙一咬也是可以撐過去的，說不定這就是這個節目的命運（？）。但不能完整呈現親眼所見的真相，很讓人難受。怎能讓在礦坑工作的人只訴說絕對的希望呢？旁邊醫院的病床上正躺著因塵肺症生死未卜的同事，我們卻扛著攝影機視而不見；還有，當時正是牛肉價格波動發生不久，明知農民最關心牛價問題，我們卻只能在牛隻市場採訪鄉村市集景象，真是自欺欺人，當時的作為令人感到羞愧。

舉一個自欺欺人的代表性例子。

那是去乙淑島時。現在已建造完成的洛東江河口堤以前是候鳥棲息地，會有成群結隊的候鳥飛到乙淑島。在我們每週都為了節目選題苦惱的那時，建堤工程才剛啟動，這時有人提議，不如去拍攝候鳥聚集的畫面，於是我們帶著相對輕鬆的心情踏上出差之路。

從首爾到洛東江河口的漫漫長路上，深秋的景色不知不覺間打消了無聊，我初次造訪那條有名的乙淑路，所以有些興奮。

果真有很多候鳥。為了拍攝眼前這些從沒見過的鳥群，我們深陷在直沒膝蓋的泥灘裡，但大家都很開心，因為終於能拋開傷腦筋的現實，專注的拍攝候鳥。平常就很想拍攝純自然紀錄片的攝影師K前輩那天也特別興奮，他捨棄三腳架，直接把攝影機扛在肩上，他的拍攝技巧可是在公司內得到認證的，我看他那天根本想乾脆拍一部完整作品了。

但當我們走進乙淑島深處，眼前出現的不再是「純粹的自然」，而是另一個「現實」。乙淑島有名的不只候鳥，還有全國最優質的蔥田。因優渥的天然條件，乙淑島的蔥可說是全國品質最佳。但新修建的洛東江河口堤不僅讓候鳥失去棲息地，就連大部分的蔥田也被淹沒。農民失去了土地，不得不遷移到附近的拆遷村。至今還留在田裡的居民向我們這些毫不知情、前來拍攝的人訴苦，希望我們能報導這裡的情況。

我連忙準備採訪稿：「因為開發，不僅令候鳥失去棲息地，當地居民也被迫離開村子。」並錄了簡短的訪談。此時，包括我在內的製作團隊開始發生爭論。「這些採訪，電視臺能播嗎？」這不是一個人提出的問題，雖然整個團隊沒有人把話講明，但這個問題讓所有人不安。我堅持要這麼做，「怎麼能只報導乙淑島的候鳥呢？這裡也有居民的故事，而且有充分的報導價值。這又不是什麼嚴重的批判，只是想傳達出這些人的傷感，難道也不行嗎？」

真正的問題關鍵，在於媒體的現況。

節目製作人H前輩深思熟慮後，決定採納我的意見，但為了避免節外生枝，我們準備了兩個版本，一個有包含被趕走的農民訪問，另一個則剪掉訪問，只報導關於乙淑島蔥田的事。我們回到首爾，剪輯後使用了第一版，如果當下有問題，可以用第二版替換。

採訪完蔥田農民後，我們都悶悶不樂起來，大家都感到慚愧，這種程度的報導也要顧慮那麼多，還發生歧見。在發現蔥田前，從首爾跑到這裡拍攝候鳥的激動與雀躍，在回程便消失殆盡。

幾天後，我準備跟隨《這裡是85現場！》另一組團隊（這個節目的製作團隊分成兩組，製作人隔週出差，身為主持人的我自然是每週都要出差），去慶南晉州出差前，一起去乙淑島的製作人H前輩看到我，擠眉弄眼的說。

「那報導就放第一版了，我沒跟上面說。」

我非常感謝他。對他而言，這是需要極大勇氣的事。

「辛苦了，星期一我到了晉州會看節目。」《現場》的播出時間是星期一晚上，如果我們一大早就出發，晚上絕對有時間看直播。

但那天晚上我們抵達晉州後坐在餐廳裡收看《現場》時，結果卻出乎意料，大家都無奈的笑了。無論我們如何瞪大眼睛，也沒看到該播出的報導，本該播放的採訪被替換成其他畫面，只看見候鳥悠閒的走來走去。這怎麼回事？難道是H前輩剪輯時搞錯了嗎？

我們一直看到最後，飯也吃得心不在焉。打電話到本部，但H前輩已經下班了，最後我們在主控室獲得了答案。主控室是最終播出節目的地方，《現場》播放前，有人把採訪的部分換成侯鳥的畫面。原因不難想像，節目播放前，有人發現內容有問題，不惜冒著節目開天窗的危險把內容換掉。回到家收看自己節目的H前輩一定也目瞪口呆吧。我們還擔心趕不上看直播，一路相當匆忙，結果卻是一場空。那天晚上，大家只能藉助一杯酒強顏歡笑了。真是苦澀的笑啊。

乙淑島事件後，《現場》便漸漸遠離了「現場」，每週播出的節目選題也更加摸不著頭緒了。我們反而更執著起與「現場」毫無相關的主題，例如人參的生長過程和效能，這種更適合在五分鐘的《情報date》節目播放的內容，我們卻埋頭苦幹，把這些內容拍成紀錄片，這麼做反倒能讓心裡舒坦一些。

就算指責我們是在迴避問題核心，我們也無從辯解，但當時豎立在我們面前的那道高牆，是怎麼也無法拆毀、翻越的，它不僅阻擋在面前，同時也諷刺著我們——你們真是懦弱。當然，即便如此我們也不會去模仿被法利賽人帶到耶穌面前的女性那委屈的表情，更不會奢求赦免。

一起去乙淑島的H前輩現在去了別家電視臺，當時在晉州某餐廳一起收看那令人瞠目結舌的《現場》的製作人P前輩，最近也會拿乙淑島的事開些黑色幽默的玩笑。

這時，總有人不忘插一句話：「那個用什麼人參做的節目，不是很好嗎？」

五大洋事件是他殺？

「嗯？怎麼回事！」現在已經離開公司的J部長還是次長時，無意間看到競爭電視臺的畫面，大吃一驚。

大家被他嚇了一跳，所有人同時看向畫面，只見兩行字幕形式的新聞速報正在播出：「龍仁工廠屋頂上發現神隱多日的三十二名五大洋信徒屍體。」

報導局立即亂成一團。這意味著，從幾天前就開始跟這則新聞的第二社會部錯過了最新消息，落在競爭電視臺後面。被形容為「韓國版人民聖殿教」的五大洋事件公諸於世了。這裡簡單說一下事件的概要。

發現集體自殺的遺體是在一九八七年八月二十九日。八月十六日，李某去向所謂五大洋教主的朴順子討債時，遭到五大洋信徒毆打和囚禁。李某被放出來後，立即向警察報案。忠清南道的警方逮捕了參與毆打的十三名信徒，朴順子與其他一百多名信徒隨即消聲匿跡。

在警方追查下，八月二十八日在位於京畿道的五大洋龍仁工廠首先發現了四十九名信徒。當時，警察在現場並未發現屋頂上的三十二具屍體。

朴順子於一九八四年在大田市中區佳水院洞創辦了五大洋股份有限公司，她假借身分騙取巨額私人貸款，據推測金額超過百億元。朴順子為了隱瞞自己的詐騙行為，先向員工和保育院收容者闡述末日論，然後灌輸「五大洋教」。她自稱是「上帝之上的存在」，公司則是「天堂」。

只要不是與世隔絕的人，都能詳細記起五大洋事件原委和疑點（巨額貸款的用處、金融機關的特惠融資資金、高層庇護等疑點），因此事件概要就整理到這裡了。

問題就在於錯過最新消息後，我接下來要播「新聞快報」。

J次長急著朝我喊道：「孫石熙，快換衣服，去新聞中心！就先報這些內容！」

他交給我的新聞也只有短短兩行，內容與競爭電視臺的快報字幕沒兩樣。

「這點內容怎麼報新聞，還需要更多啊。」

「喂，現在很趕時間，不是計較那麼多的時候。你播報的時候會採訪到更多訊息傳給你，先去播吧！」

正如J次長所說，現在不是計較內容長短的時候。為了縮短與競爭電視臺的時差，哪怕只有兩行內容也要衝去攝影棚。我抱著「唉，不管了」的心情跑向新聞中心攝影棚。常規節目中斷，當我漲紅著臉出現在畫面上時，所有狀況已經脫離我的意識，失控的往下發展。一股不祥的預感油然而生，兩行文字再怎麼拉長，十秒鐘就能播完，這是要我怎麼拖延時間到接下來的快報內容呢？

我重複了兩、三遍相同的內容後，迫切等待傳來結束的信號，但攝影師透過耳機收到副控室傳來消息，一再要我拖延時間。我心想，不能再重複播報相同的內容了，想到進攝影棚前在地方報紙上看到的報導（五大洋公司所在的大田地區某報，在發現屍體前就刊登過關於五大洋的新聞），我一點一點的背了出來，但那也只是三十秒左右的程度，而且是不能一再重複的內容。攝影師還是不斷向我發來拖延時間的信號。我顧不了那麼多，又再度唸起最初的那兩行文字。真是令我冷汗直流。

「早知如此，就把那份地方報紙帶過來了。」

焦慮難安的時間變得更加漫長，絲毫沒有能進快報的跡象。只打出字幕的競爭電視臺若看到我出現在畫面上，肯定會以為「敵軍（我們都這樣稱呼競爭對手）採訪到了重大消息」，實際上卻都只是單一的內容，真是心急如焚。攝影師的手勢無情的一再重複相同的動作。我該怎麼辦呢？

走投無路的我開始了推測，在那瞬間，我扮演起警察和檢察官的角色。「是的，這起事件……從情況來看……很難斷定是集體自殺……雖然還不能確定現場情況……嗯……集體他殺的可能性很高……」

我聽到自己脫口而出的話，胃腸都發出咕嚕咕嚕的聲響。如果這內容不能成為獨家，就是嚴重的誤報。先不說這些，我這沒有任何證據、一無所知的主播在這裡「不懂事」的亂講話，誰來負起這個責任呢？我真恨不得馬上收回那些話，但我的失言早已直播出去，很快就會成為無情的嘲笑傳回來，我不禁流下雙倍的冷汗。跟我同時入社、沉著穩重的P記者拿著快報內容跑來時，我已經發表完了「調查結果報告」。

我拖著疲憊無力的身軀回到報導局，不出所料，編輯部痛斥了我一頓：「這種大型事件怎麼可以擅自做判斷？知道推測報導有多危險嗎？萬一判定是自殺怎麼辦？」這些指責都沒錯，就算我為自己辯解說「又沒有對策要我拿什麼拖延時間」也於事無補。那天後，我迫切期盼的只有警方調查結果判定為集體他殺。但正如大家所知道的，現實正好相反，警方以極其不足的證據下了結論（當然，他殺的證據也是不足的）。

幾天前，五大洋事件又浮出水面，針對是自殺還是他殺又引發爭議。記得當時，不管是哪一邊我都無法全然同意。說實話，我承認那天犯下了相當嚴重的錯誤。但事以至此，我還是希望在很久以後，能夠判定我的推測報導不是誤報。

***

後記

應該不會有人記得，在發現五大洋事件屍體的第二天和第三天，那年的第十二號颱風「戴娜」登陸朝鮮半島，雷電交加、刮風下雨的天氣使得氣氛更加恐怖。守在五大洋龍仁工廠採訪車的M記者甚至還說不敢一個人去廁所，向我們傳達了恐怖的氣氛。

或許是因為這樣，才會有報社誤刊了有三十三具屍體的新聞，因為他們把上到屋頂後暈倒的記者也當成屍體了。

總而言之，誤報就是誤報。

再看一眼熄滅的火吧

一九八七年的夏天，又是颱風又是五大洋事件，整個夏天人心惶惶。比颱風戴娜提早一個半月登陸的賽洛瑪，是一九五九年繼莎拉以來造成最大災害的颱風。死亡及失蹤人數高達三百三十五人，災民多達到一萬五千餘人。加上梅雨季，那年夏天全國遭受水災的很多地方都成了廢墟。

颱風來襲或鬧水災時，電視臺會成為僅次於受災戶和消防當局、最手忙腳亂的地方。每當有災情發生，電視臺都會停掉常規節目，整日播放災情報導。這類播報災情或選舉的工作我都有參加。

一九八七年這一年裡發生了所有的狀況，我也忙得不可開交，雖然這樣講有點自吹自擂，但當時派我去直播的節目都沒出什麼差錯（當然，除了前面提到的「五大洋調查結果」）。假如我的這種自吹自擂無傷大雅，那一定是受到前年參與過災情報導經驗的影響。

一九八六年夏天，接近尾聲的八月末，即將到來的颱風「薇拉」從名字就出現了問題，大家針對是叫薇拉還是比勒，展開了毫無意義的爭論。與此同時，颱風的路徑令人擔憂。就在我們終於統一意見，決定按照原有的標記，以土氣的「薇拉」命名颱風時，颱風已經逼近木浦附近。此時，颱風除了貫穿整個朝鮮半島，已經沒有其他出路了，這必定造成極大損失，電視臺立即啟動了直播災情系統。我第一次被派去直播災情，預料應該會熬一整夜，然後一直延續到隔天深夜。

所謂災情報導，是指隨時根據當下的情況與全國各地取得聯繫，中間再插播相關消息，而這樣發生直播事故的機率便會提高，我壓力很大，但轉念一想，如果能集中精力播報、預防災害，也多少能減少災情。這麼一想，讓我的責任感也變大了起來。

薇拉果真經過了木浦，貫穿天安和原州，向世人展示凶狠的一面。局部地區下起豪大雨，狂風比之前任何一次颱風都要猛烈，死亡及失蹤人數多達四十人，損失金額高達兩百四十億。災情雖無法跟後來的賽洛瑪相比，但它橫掃過的內陸地區損失慘重，給當地居民帶來了巨大的恐懼感。

第一天晚上，我在攝影棚熬了一整夜，或許是體力尚存，翌日我也坐著挺了過來。因為有必要回顧一下昨晚播出的內容是否適切，也要持續記錄收到的災情和颱風路徑，這樣晚上才能接著播報。

現在回想起來，當時我做災情報導和之後的追蹤報導，多少帶著「還債」的心情。報導災情時，不應出現不公正的報導，也許我在其他節目中會被人指指點點，但在報導災情時我告訴自己必須更加認真。況且這樣做是為了減少災情，可能因此救活一個人的生命……

深夜再次降臨，薇拉正朝江陵上方的太白山脈移動。子夜一過，颱風威力減弱，坐在攝影機前的我也漸漸感到疲倦，但必須等到颱風徹底消失才能結束災情報導，而薇拉有韌性的生命力一再將結束時間延後。出現在各地區轉播車畫面上的記者也都面帶倦容。過了凌晨兩點，以東海北部海岸為出口的薇拉施展著最後的威力，但氣勢已明顯減弱。氣象專家金東琓播報員研判「再過一個小時颱風就會過境」。

我們再次聯繫各地方，確認風雨強弱，統整災情，準備做最後的報導。一個小時後，持續超過三十個小時的災情報導也將結束。正如金東琓播報員所報，薇拉經由東海北部海面，在接近凌晨三點減弱為熱帶氣旋，漸漸轉換成熱帶性低氣壓。現在已經不需要繼續報導了，收到結束信號的我，在災情報導的最後說出了結束語：「以上是十三號颱風薇拉的相關災情報導。感謝您的收看。之後的消息將在早上六點的新聞為您報導。」

播報結束後，回到新聞中心的工作人員和我都徹底精疲力盡。在沒有cue sheet[31]、連線

31 Rundown、流程表。

全國各地、連續直播數小時的情況下，幸好沒有出現大型播出事故，順利結束了。

但事情沒有就此結束，誰都沒預料到的發展正在編輯部等著我們。電視臺發生了電視史上很難找到的案例。

「出大事了！災情報導還得再做一次。快點準備一下，準備開播！」

「什麼？」

「上級指示，再做一個小時的災情報導！」

「颱風都走了，連結束語都說了，還報什麼啊？」

雖然大家都感到很無言，但接下來聽到的話，讓我們找不到任何藉口去拒絕。

「最上面應該是看了我們的節目，但我們結束得太早，所以要求我們再做一次。雖然報導結束了，說不定後面還會發生更大的災情呢？」

可以猜測到這是什麼情況，而「最上面的人」是誰，大家也都心知肚明，看來他也擔心颱風，所以徹夜難眠。就算不是他本人也一定是身邊的人打來的，覺得災情報導結束得太早了。

我們忙得不可開交，急著重新準備報導，新聞中心的技術組早去了夜間值班室，全國的轉播車和記者也都撤走了，當下可謂是「狀況結束」。所以全都分頭忙著打電話告知各地方「重啓節目」。

緊急聯繫上的幾個地方電視臺也做好待命準備，剛剛才送上結束語的我一臉難堪的再度道出開場白。這都不算什麼，我更擔心的是這一個小時要播報什麼？這種情況下，肯定不會有腳本。能夠聯繫到的各地區順序就會是播出順序，實在很難期待報導會順利進行。在聯繫不到轉播車的情況下，我回想著兩天來各地區的災情播報著。

真不曉得那一個小時是怎麼撐過來的，在攝影棚都能聽到副控室高喊連線轉播車的聲音，可見當時的情況是多麼混亂。

「真是該死的薇拉。」負責副控室的C前輩「補」完一個小時後，一邊走出新聞中心，一邊嘟囔。

我忽然想起之前經常看到的標語，不禁笑了出來。

「再看一眼熄滅的火吧。」

不管怎麼看，當時強行進行報導，都是一九八六年政治箝制媒體所造就的結果。

被墨水淹沒的63大廈

「直到今天我們才敢表白，在一九八六年決定建設和平水壩[32]時，正值全面封鎖消息的險峻年代，作為新聞媒體未能就建設水壩提出質疑，我們深表慚愧。」

這是MBC在六月十六日晚間《新聞平臺》中主播的開場白。

另外還有：「針對當時政府忽然發表的特別談話，身為媒體的我們未經任何查證，只急於報導首爾將成為汪洋大海的消息。雖說五共時期被威權政府壟斷訊息，媒體只能單方面接受政府的言論，但當時各大媒體也為了募款展開激烈競爭。現在想來，都令人羞愧萬分。」

這是同一天，KBS晚間九點新聞的主播開場白。幾家報社透過社論發表的檢討文章就不再贅述。

引發爭議的「和平水壩」最終還是成為監察部門的監察對象。那天，媒體沒有發表任何道歉，只報導了「和平水壩」被調查的消息。觀眾會原諒這樣的媒體嗎？應該不會。每次政權交替，媒體都會做出反省，但那已成了毫無意義的儀式。況且，那些與「和平水壩」有關的媒體早就放棄取得原諒。

那時的媒體是什麼樣子、都做了什麼？當然，媒體毫無辯解的餘地。在那個沒有反駁空間的「威權政府」之下，在那個「封鎖消息」的一九八六年四月末，政府發表決定後，對於那些還記得媒體誇張報導帶有攻擊性內容的人們，媒體的辯解早已失去說服力。媒體只在單純地急於報導「當局發表」的內容嗎？不是的，如果「只是傳達內容」或許還能有解釋空間。不幸的是，就像是金剛山水壩的相關新聞，完全可說是誇大報導的典型。

一九八六年，整個首爾陷入了恐怖氣氛中：

「首爾將被兩百億噸的洪水淹沒，63大廈一半會被水淹……」

「直到南山山腳都會被水淹沒，災情會比投原子彈還……」

「整個首都都會變成汪洋大海。不僅蠶室的奧運設施，就連漢江旁的公寓都會被淹沒……」

32 一九八六年，北韓在漢江上游興建金剛山水庫，當時南韓政府稱北韓將會放出洪水，沖毀位於下游的首爾。因此，南韓也開始於江原道華川興建「和平水壩」，唯一功能是攔截金剛山水庫可能放出來的洪水。並舉辦募款建壩活動，國民捐款超過七百億韓元。

接著，連日攻擊「元兇」的報導占據了整個畫面——

「令世界震驚，北傀[33]的水戰」

「六・二五後最大規模的戰爭策動」

「利用民族的母親河漢江，威脅同胞的生命」等。

媒體拍攝到幾塊沿著北漢江漂下來的木頭，聲稱那是修建金剛山水壩的材料，當作「獨家報導」鬧得沸沸揚揚。不清楚事實的民眾被這些新聞搞得不得不直視（？）現實。媒體甚至搬出從前的乙支文德[34]和姜邯贊將軍[35]，回憶起「水戰的歷史」。就這樣，「北傀」的水攻不再是毫無根據的主張，而是具有「歷史性」的「現實」。

至今我還記得在播報時，攝影棚放著摻雜藍墨汁的自來水（才有真實感）和汝矣島一帶的模型。當然，模型裡包括了63大廈。那可不是在開玩笑——不、應該說不能像開玩笑才對。我們這樣擅自制定標準，提出水會淹到63大廈一半的話就有點太過分了，不如就淹到第二層。

這時一位同事插話：「要想嚇唬人，就要動真格的。」惹得大夥哈哈大笑。

在那個瘋狂的年代，科學理性思考反而成為障礙。雖然我們爆發的笑聲摻雜著無力的自嘲，但說不定內心某個角落也存在著狂氣。正如謊言一再重複就會被當真，那時的我們或許已經失去自我控制的能力。播報時，我便會收起笑容，指著旁邊的模型，擔憂著千萬市民的安危和那兩百億噸水，以及被淹沒的63大廈。

隨著虛假與真實的邊界消失，假象與現實的界線崩塌，恐怖變得越來越真實。令人萬幸的是，此時出現了能夠克服那恐懼的對策——「和平水壩」——不，那是和平的守護神。在眾人眼中已別無他法，多少錢都不是問題，我們總不能輸給「北傀」那些傢伙，錢不夠就跟民眾伸手要。保住自己性命的事，誰會捨不得捐錢呢？就這樣，從那年十二月六日起，媒體史上最大規模的募款活動開始了。

那個寒冷且殘酷的冬天，不管是主播、記者、製作人，就連演員、諧星和歌手都被動員起來，大家跑到市區、學校、寺廟和教會募捐。天真的孩子砸碎了存錢筒，老奶奶和老伯伯也從內衣口袋掏出縐巴巴的零用錢。

我們把這種行為稱為「街頭賣藝乞討」。電視臺把轉播車明目張膽的停在明洞、首爾車站和光化門，大家站在那裡凍得鼻頭發紅，搜刮「客人」口袋裡的錢。直播募款節目時，被

33 對北韓政權的蔑稱，意指「北方傀儡政權」。

34 七世紀早期高句麗將領、軍事家。六一二年，隋煬帝發動百萬大軍侵略高句麗。乙支文德在隋軍回師必經之地薩水（清川江）築壩蓄水，趁隋朝軍隊過河時開閘放水，大批隋軍因此被淹死。

35 高麗國軍事指揮官。一〇一八年，契丹人發兵十萬攻打高麗，姜邯贊在河上築壩，趁契丹軍隊過河時放水，使其傷亡慘重。

派去「街頭賣藝乞討」的人總是面帶苦澀，他之所以這樣，並不是因為討厭寒冷。

募款活動不單只靠街頭「行乞」，電視臺還為各大公司開設受理窗口，以便向「貴賓」收錢。從受理窗口收到的錢會在播報重要新聞時一併播報。主播說出開場白「今天也有很多人參與了MBC舉辦的和平水壩募捐活動」後，緊接著就是「貴賓」們的臉和他們的捐款金額。

記者不但沒有揭露和平水壩的問題，反倒在為整理捐款明細和寫報告而頭疼。大家有的只是無聲的吶喊。電視臺與報社之間醜陋的募款競爭一路持續到隔年。各學校、公司，甚至監獄都實施了集體徵收。還有已經集體收了錢的學校因為電視臺轉播車突然抵達，於是不得不發給學生空信封，要大家上演假捐款的鬧劇。

就這樣，光是MBC收到的捐款就有一百三十億一千五百三十二萬六千四百四十元。所有媒體收到的捐款高達近七百億。這些錢都用在了哪裡？以及為了籌到這筆錢，媒體再三炒作「水攻的恐怖」，卻沒有一家媒體報導真相。如果真相在媒體有能力揭露的範圍之外，那至少也該提出質疑才對。但六年過去了，沒有任何進展。

我們真正該感到羞愧的到底是什麼？在那個瘋狂的年代，我們已經超越了應聲蟲的程度，令我慚愧的是媒體當起領頭羊，就算有機會提出質疑，我們仍選擇了沉默。

此時此刻的我們又是什麼樣子呢？觀眾又是如何看待我們播報「監察部門判定報導誇大其詞」的監察結果呢？

被真由美更改的開場白

一九八七年十一月末，冬季的寒冷比歷年都來得早。雖然水銀柱連日下降到零度以下，整個國家卻在巨大的漩渦中炙熱燃燒著。那個巨大漩渦的中心，最終的終點站就是下個月十六日將舉行的總統選舉。從隱匿朴鍾哲[36]拷問致死案開始，那年還發生了四月護憲宣言、六月民主抗爭、六・二九，以及七、八月的全國勞動抗爭等。一九八七年的這些事件，隨著巨大的歷史漩渦正朝終點駛去。

十一月二十九日，同時發生了兩起對一九八七年大選造成重大影響的事件。距離大選還

36 首爾大學生朴鍾哲投入反對全斗煥政府獨裁統治的民主抗爭活動，於集會中被捕，被非法拘禁、刑求拷打，最終於一九八七年被水刑逼供時身亡，得年二十一歲。他死亡的消息最初遭當局封鎖，事跡敗露後，引發韓國大規模民主抗爭運動，史稱六月民主運動。

有半個月的最後一個星期天，我偏偏負責播報星期日的《新聞平臺》。

大規模拜票活動正式開始當天，平和民主黨候選人金大中在聚集百萬群眾的汝矣島廣場舉行了造勢活動，他立下豪言壯語，對取得勝利充滿信心，並聲稱在野黨候選人會實現整合。

同一時間的光州，爆發了第一起事件。民政黨候選人盧泰愚現身光州。所有人都認為盧泰愚在光州的拜票不會順利，但他還是硬著頭皮去了。從車隊抵達活動現場，到手忙腳亂完成演說的十幾分鐘裡，民眾向他丟擲石頭。當然，戰警用盾牌嚴密包圍住了他。那天的拜票活動不過是做做樣子，警察投放的催淚瓦斯把活動現場搞得一片狼藉。從當時氣氛可以想見盧泰愚在光州的拜票結果。他一定認為，身為總統候選人應該任何地方都去拜票，但像這樣光為了形式而強行前往光州，是不會受到光州市民歡迎的。

自那天後，所謂一盧三金[37]的四個候選人所共同主張，必須突破地區矛盾的問題也正式浮上檯面。

眼看快到新聞時間了，我的心從傍晚開始便沉重起來。我認為，不應該單方面責難向盧泰愚候選人丟石頭的光州市民，新聞卻不能按照我的想法播報。

幾個小時後，我所面對的現實比我想得還要嚴重。我收到的開場白（按照慣例，開場白應由主播自己寫，那天卻是例外）比預想的用了更強硬的語氣，批判了光州活動現場的市民。編輯部人員也擔心這樣反而會煽動地區矛盾，接受了我提出的意見，重新寫了一份開場白。但在這種負面的情勢下，不批判顯然是不可能的。我坐在那裡看著重新寫好的開場白，冒出了軟弱的想法：如果可以，真想逃離這個混亂的漩渦，管他一盧三金還是光州。

就在我埋怨著一切時，新聞時間就要到了，就在這時，第二起事件爆發。

「聽說ＫＡＬ飛機不見了！」

消息是從白天開始察覺到機場不尋常氣氛的社會部傳來的。眼看還有半小時就是九點新聞了，兩大電視臺展開了速報戰。兩家電視臺都正在播電視劇，不可能中斷插播，只能先上字幕。為了補充更多消息給九點新聞，整個辦公室陷入一團混亂。

「大選期間，這是怎麼回事啊！」

飛機失蹤的不祥預感，遠比白天發生的光州拜票活動更強烈。那天凌晨從巴格達起飛的大韓航空八五八航班，原本應在晚上八點四十分抵達金浦機場，但直到晚上都毫無音訊。研判飛機是在泰國或緬甸領空失蹤，但完全無法確認飛機的飛行方向，或是否已降落某處；也不知是遭到綁架還是故障墜毀。翌日我們才收到飛機遭遇恐攻、爆炸墜毀的消息。但在二十

37 指被視為全斗煥接班人的盧泰愚，以及屬於進步派的金泳三、金大中和金鐘泌。

九日星期天前，這一切也只是推論。

那天晚上九點新聞的頭條自然是用大韓航空飛機失蹤的消息取代了盧泰愚候選人光州拜票的消息，一直讓我煩惱的開場白自然也換成與飛機失蹤相關的內容。但我的腦海一片混亂——換掉那個令人頭痛的開場白就是好事嗎？現在還有一百一十五人生死未卜啊。

這起事件會對大選造成極大影響，因此那年冬天，政局漩渦的勢頭也隨之越來越猛烈。那股強烈的勢頭在十二月底戛然而止，整個世界在沉寂中沉澱了下來。我們知道那種沉寂代表著什麼。

***

隔年，「真由美」[38]首次在安企部召開記者會。不知是什麼緣分（其實純屬巧合），我被派去現場採訪。記者會上，她自始至終都沒有抬起頭，聲音小到站在後面的我一句話也沒聽清楚，真教人鬱悶。不過，就算她的聲音響亮，恐怕我也會感到鬱悶吧。她又怎麼能解釋得清這教人痛苦的歷史呢？還不如聽不見。

記者會結束後，我走在首爾街道上，覺得眼前的一切灰濛濛的，真希望那只是心情所致。

今年初，我在某電視臺的談話節目上又看到真由美。雖然她的聲音還是那麼小，但與之前始終低著頭的樣子截然不同。我看著面露笑容的她，不僅思考了起來。能讓她抬起頭的這五年裡，又給我們帶來了什麼變化？

我們的歷史，有在進步嗎？

38 一九八七年十一月，北韓特務金賢姬與搭檔金勝一分別以「蜂谷真由美」及「蜂谷津一」化名假扮成日本父女，在大韓航空從伊拉克巴格達飛往首爾的班機安裝炸彈。金賢姬和搭檔趁飛機於阿布達比中途停機時下機，客機於緬甸上空爆炸，機上人員全部遇難。當時盧泰愚正尋求當選總統，因此努力讓國際刑警引渡金賢姬回到南韓。經審訊後，金賢姬於一九九〇年被判處死刑，隨後獲得已當選為韓國總統的盧泰愚特赦，並於一年後獲釋；金賢姬出獄後，在南韓國家安全部門保護下從事寫作及演講工作，出版《金賢姬全告白》大受歡迎，成為暢銷作家。

第三章

蟋蟀之歌

再微不足道的小事也存在轉機，
即使有時必須經歷某種程度的痛苦與犧牲，
我們仍不能坐以待斃，
必須把我們的歌唱下去。

世界上最沉重的絲帶

「從來沒發生過這種事，以後也不會再發生了。」一九八八年八月某一天，我佩戴寫有「力爭公正報導」的絲帶播報當晚的《新聞平臺》時，某位前輩這樣喃喃自語著。

但是，那位前輩說錯了。就在不過幾個小時前，已經有別的新聞主播也佩戴絲帶、上了主播臺。他的預測也錯了。那天後，我們又佩戴絲帶播報過幾次新聞。勞資協商破裂後，工會展開抗爭。電視臺不顧大家針對政府提出的廣播電視相關法條提出質疑，仍一意孤行時，工會便提出用絲帶作為宣傳手段表達抗議。現在看來，這沒什麼宣傳效果，而且佩戴絲帶上電視的人（主要是新聞主播）還會受到不公待遇。於是，絲帶也成了舊時代的遺物（？）。

之所以舊事重提，是因為那時我佩戴的第一條絲帶，成為改變我電視生涯的一個開端。

當時抗爭行為遭到舉報，眼看就要展開電視史上首次罷工，工會決定在抗議期間，所有工會成員都要佩戴「力爭公正報導」的絲帶。這在其他公司很常見，算是非常和平的抗議手段。問題在於，上電視時怎麼辦？工會的抗爭對策委員會認為，佩戴絲帶上電視可以獲得更大的宣傳效果。五共期間一直受到壓迫，進入六共後馬上要舉辦奧運，社會氣氛正在急遽轉變，大家都很關心MBC罷工的事。抗爭對策委員會決定從八月二十一日星期六開始，上電視都要佩戴絲帶。

當時負責播報平日《晚間新聞》和週末《新聞平臺》的我，馬上面臨到星期六晚上要佩戴絲帶播報的問題。身為工會一員，我認同工會的主張，也贊同實踐工會提出的方案，但佩戴絲帶上電視的個人在現場要面對諸多問題，這給我帶來不小壓力。

公司也進入緊急狀態，史無前例的要佩戴絲帶上電視，公司完全無法接受。特別是畫面上會讓絲帶看起來最大的新聞，尤其讓公司擔心。也因如此，週末的《新聞平臺》自然成為工會與公司最爭鋒相對的節目。《新聞平臺》在新聞節目中占據的比重最大，平日由非工會成員進行，週末則由我這個工會成員負責。

不幸的是，我在害怕星期六的到來。我必須這樣做嗎？我能做到嗎？種種疑問充滿腦海，陷入一片混亂。電視不只屬於工會，公司的攻勢和工會的抗爭都屬於正當行為，但工會成員是否一定要聽從工會決定，出現了意見分歧，因為個人會持續處在艱難的環境下。

此時，公司乘機提出取巧的對策。如果事先通知會佩戴絲帶，公司就會把主持人換成非工會成員。公司之所以提出這種方案，是在幫助工會成員減少個人壓力的同時，阻止絲帶的影響力擴散。現在已經沒有選擇餘地了，若不在直播中突襲戴上絲帶，那只能事前向上級匯報，主持人就會被撤換。工會最終期待的宣傳目的，是希望觀眾發現節目突然換了主持人，以此明白我們在電視臺的處境。

然而，工會成員遠比執行部和抗爭對策委員會想得更勇敢，從星期六一早的節目便證明了這一點。

星期六一早，執行部、工會成員及主管高層，所有人都注視著電視畫面。雖然ＭＢＣ所有員工負責的工作不同，但大家都懷著期待與不安的複雜心情，面對星期六的早晨。工會關心究竟能否佩戴絲帶上節目，如果可以，會是誰首先突破公司的阻撓，完成這件大事（？）呢？

差不多到了早上九點半，工會裡傳來微弱的驚嘆聲。

「戴了！兩個人都戴了！」

觀眾群為主婦的教養節目上，李章浩和李顯卿兩位主持人都佩戴了絲帶登場（之後他們獲得了勇敢工會成員獎）。抗爭出現了轉機，雖然字看得不是很清楚，但我們所主張的「力爭公正報導」，正透過兩位主持人胸前的絲帶，經由電波傳達給全國觀眾，這是電視史留下新紀錄的瞬間，工會也因此增添了力量。

也從那一刻開始，公司開始管制上節目的工會成員，接下來的直播是金成浩主播負責的日間新聞，焦點自然集中在他身上。他擔心會換人，一直沒提佩戴絲帶的事，準備新聞時也沒有佩戴絲帶。直到走進攝影棚，新聞開播前，他戴上了絲帶。這是果斷採取高難度的「突襲作戰」，但公司的動作也很快，「ＯＮ ＡＩＲ」的燈亮起前，金成浩主播胸前的絲帶就被人扯了下來。

當時不知情的我看到金主播身上沒有絲帶，心裡還鬆了口氣。雖然慚愧，但我很想迴避給自己帶來不利的景況，內心一直期盼前面能有人開出先例。從那天下午開始，我反倒感受到更沉重的壓力。白天的新聞沒有出現絲帶，大家都把注意力集中在晚上九點的《新聞平臺》。

「接下來，輪到我了。」

我也想過不如先匯報，然後不進攝影棚，但我沒有那樣的勇氣。公司肯定會指責我放棄播報ＭＢＣ最重要的節目，也會受到身為公眾人物、做事考慮不周的批判。況且，我也會覺得對不起工會。包括公司主管在內的幾個人都來問我會怎麼做，我卻給不出答案。時間不停走著，星期六的夜幕眼看就要降臨了。

距離新聞時間只剩一個小時，我還沒做出決定。那天留在報導局的主管特別多，走進攝影棚前，我都沒有佩戴絲帶。晚餐後，他們又問了我幾次，但我都笑著不置可否。公司可能以為我不好意思說不戴，就沒有繼續追問下去。奇怪的是，工會那邊什麼也沒問，或許是不想給我太大壓力吧。

絲帶的事搞得我神經異常緊繃，盯著新聞稿都不知道該如何準備了。

距離開播還有五分鐘，負責編輯新聞的S記者悄悄問我：「孫前輩，你怎麼辦？」他是工會成員，對我寄予厚望，但那天我連這最後的問題也無法回答。S記者一臉擔憂地看著眉頭深鎖的我。

距離開播三分鐘前，我坐在攝影棚內的主播臺，摸著口袋裡的絲帶。開始跑新聞片頭了，幾段廣告過後，畫面上就會出現我的臉。MBC的所有人都在等待著這一刻。那瞬間，我彷彿在巨大的漩渦裡掙扎般。下一秒，我取出了絲帶，然後犯下極可恥、最投機主義的錯誤——我沒有把絲帶佩戴在西裝衣領，而是戴在西裝內的襯衫口袋。

「這是我能選擇、最好的辦法了。」

廣告結束，九點報時一過，我出現在畫面上。我不是在播報新聞，而是開始了一場自己與自己的戰爭。那真是一場痛苦、自我合理化的戰爭。螢幕外的人似乎都在對我指指點點，我感到臉頰越來越燙、不知所措。播報新聞的過程中，那條被西裝衣領遮住、時隱時現的絲帶，如實的暴露了我那腐爛的良心。這算什麼自欺欺人的手法啊！倒不如別戴呢，這樣一來，起碼能裝作有自己的信念，也好找藉口辯解啊。

三十多分鐘的新聞結束後，我的心情相當悲慘，背上一片濕漉漉的汗水，證明了我在那並不短暫的時間裡所經歷的內心交戰。

新聞結束後回到報導局辦公室，一片寂靜，主管也好，S記者也好，誰都沒跟我說話。工會也沒有任何反應。他們理解我嗎？我不願再多想，那天晚上直到睡前，我一直處在故意放空的狀態。妻子對於絲帶也隻字未提，她只跟我聊日常瑣事。但那天深夜，我再次展開與自己的戰爭。

想一想，我已過了三十而立之年，有工作，也有妻子和孩子。雖然這是小市民的觀點，但我在社會上仍不是一個成熟人士。一個成熟的人怎麼會做出那種行動？即便社會意識還沒進入初期階段，但身為職場人和認同組織的人，那天的我實在太丟臉了，我找不到為自己辯解的理由。

我徹夜未眠，那一夜的痛苦也許是我迄今從未經歷過的，這並不是來自對工會的歉意，也不是因那些比我更勇敢的後輩而感到羞愧。這些理由反而可以讓我勉強將自己的行為合理化，過一段時間就把這件事忘記。真正的問題是，我無法原諒自己。我以前犯過很多錯，卻總是能原諒自己，但這件事從一開始就非比尋常。這不是誰能擔起責任、「威權式」的良心問題，而是只有我自己才能承擔、極為「人性」的良心問題。

各種思緒襲來，那晚我的拙劣舉動折磨著我。我痛苦了一整夜，翻來覆去的思考後，漸漸想清楚了補救的方法。我得出結論：我不是還有一次機會嗎？

星期天一早，我對妻子說：「不管今天發生什麼事，我都會佩戴絲帶。」

聽到「不管發生什麼事」，妻子大概察覺到這是幾天來我苦思糾結的結論。

「你不是說佩戴絲帶就會換人嗎？」妻子的問題，或許是介於擔心提早報告會被換人，和鼓勵我決定佩戴絲帶之間。

那天我盡量不看電視，因為擔心決心會動搖。萬一直播節目中哪位主持人沒有佩戴絲帶，說不定我又會為自己找藉口。仔細想來，這也怪可憐的，但我的眼睛總是不停看向電視，看日間新聞時都能感覺到心臟在劇烈跳動。昨天突襲戴上絲帶卻被奪下的金成浩主播，今天胸前佩戴了絲帶。

「真是位厲害的朋友。」

金成浩的確是這種人，平日安安靜靜不擅言詞，卻對自己該做的事很堅持。也許這次他也是開播前才戴上絲帶，沒有阻止他的機會。說不定他在事前假裝「我不會戴絲帶」。假若如實交代一定會被換掉，一想到這，我又不安起來。

「要是這樣，那《新聞平臺》時，事前檢查豈不是會更嚴格？」

我再次與內心準備找藉口的惡魔（這樣描寫或許有點極端，但確實如此）展開爭鬥，我苦思著方法，星期天電視臺沒什麼人，就算要求換主播，如果沒有事先準備是來不及的。那我就盡量拖延時間，拖到開播前再說，最糟糕就是一直隱瞞到最後，突襲戴上絲帶。不到萬不得已，我不想這樣做。各種思緒讓我的頭腦越發混亂，但「不管發生任何事都要佩戴絲帶」已是我無法放棄的決定。星期六做了那種拙劣的偽裝，星期天如果又逃避，那我將會永遠喪失自我。

當晚，考慮到盡量避免跟公司主管碰面，我在距離九點開播前還有四十分鐘左右時才出現。平時最少也要提早一個半到兩個小時上班準備。報導局異常寧靜，雖然預料到沒什麼人，但白天發生了金成浩主播的絲帶事件，仍看不出任何緊張的徵兆，但那也不過是表面的和平。

我簡單整理著裝，開始準備新聞。當然，那時還沒有佩戴絲帶。十分鐘、十五分鐘過去，都沒有人問我絲帶的事。那天負責新聞的編輯部H次長和S記者也沒問我，兩人一聲不吭的埋頭做新聞。我反倒慌張起來，其實沒人來問，對我是件好事，但等到了新聞播出時間，我突然戴上絲帶而陷入混亂怎麼辦？沒遭受任何阻力，一個人戴上絲帶，我可能更陷入了困難的處境。這種情況讓我感到出乎意料、充滿不確定感，是一種難以用言語表達的心情。

但這種心情很快就消失了，H次長最終還是開口：「孫石熙，你今天也不會戴絲帶吧？」

平時跟我關係很好的他，用往常那種推心置腹的口吻問出難以啟齒的問題。他的問題裡故意帶著「你一定會像昨天那樣吧？我只是出於形式確認一下」的意思。那種無所謂的口氣，在向我強求著同樣無所謂的答案。我抬頭看了看錶，距離新聞時間還有二十分鐘。

「呵呵，難說喔。」我笑著含糊其辭。

我想盡量用「不會戴」的口吻先讓H次長放心。心跳開始加速，不論如何我也要戴。接下來進入心理戰，我努力在H次長面前掩飾自己，這讓我感到很對不起他。我們一起共事，卻因各自位置不同，不得不畫清界線，這都是由某人製造出的悲慘景況。

聽到我略微奇怪的回答，H次長跟著笑了，但他可能還想再確認一次，於是五分鐘後又問：「你會怎麼做？今天不會戴吧？」與剛才截然不同，他的口氣透露出緊張。

「不知道。白天都戴了，我也該戴吧？」我還是笑著。在這種情況下，笑可比一本正經容易，就像不會有什麼事一樣……但H次長從我的回答裡感受出不對勁。

「什麼？你不是在開玩笑吧？九點的話問題可就大了，會出大事的。」H次長徹底嚴肅起來。

距離新聞播出還有十分鐘。此時此刻，我只有直球對決了。

「我今天會戴。」我嚴肅的回答。

剎那間，緊張從我們之間迅速流過，H次長明白他是說服不了我的。

「你一定要戴？那我只能向上面報告了，我不能就這樣放你去。」

報導局辦公室頓時騷動起來。

當天的值班部長也跑來追問：「你從沒提過這件事啊！昨天不是也沒戴嗎？現在才說要戴，你要我們現在怎麼辦？」

他說得沒錯，直到剛才都沒提絲帶的事，現在離開播只剩五分鐘，根本找不到人替換。可我又有什麼辦法呢？除了這樣別無他法，我只能接受大家的指責。H次長忙著打電話給局長和副局長，上面給出的第一條指示是換人，但只剩五分鐘，根本找不到人，加上是星期天，臺裡根本沒有穿西裝的其他主播，也沒有人敢在毫無準備之下負責直播播報。無法換人後，上面又指示，鏡頭盡量不要拍到絲帶，但畫面上根本不可能只出現我的整張臉。最後大家都跑來想說服我，但此時我已經沒有回頭路了，S記者也在一旁極力幫我解圍。

情況已經到了無可挽回的地步，距離新聞開播還有三分鐘，我朝攝影棚走去，感受到我的雙腿在顫抖。現在是去實現那個經過長時間思考與掙扎後得出的結論了，我根本無法預測我的行動導致的後果，也無法去思考更根本性的問題——關於我行為的正當性。

抵達攝影棚，坐在攝影機前，這時外面傳話說有緊急電話找我。我跑出去拿起電話，所屬部門的部長焦急的聲音傳了過來。他說如果我非要堅持這麼做，誰也阻止不了，希望我好好決定。我對他說，我個人覺得非常抱歉，但這件事不能不做。因為我，他肯定會受到公司指責，我也會因為這件事失去主播的工作。但我已經做好了心理準備。

新聞片頭開始，我用顫抖的手取出絲帶，戴在西裝衣領上。同為工會成員的攝影師彷彿也燃起熱情，為了讓絲帶看得更清楚，他努力掌控畫面。透過副控室的窗戶，我看到工會的執行部和抗爭委員排成隊伍，以防有人在開播前搶下我的絲帶。頭繫帶子的工會成員列隊堅守在攝影棚門前，與其他人一同高喊的畫面，成為MBC新聞中心罕見的景象。

廣告播完，九點報時響起，緊接著幾秒鐘後，曾經折磨我心智的絲帶，透過電波傳送到全國各地。

那天我毫無失誤的完成播報，過程如何卻都記不起來了。

那天直播結束後的事在這裡提也沒什麼意義，但後來H次長不顧自己處境的為難，極力保護了我，那份感激之情我是不會忘記的。

尼采說過，所謂良心是指「人能守護住自己認為正確的，並具備肯定自我的能力。」那天晚上，我似乎模仿了他所定義的良心，這讓我感到慶幸。

如今我相信了，人活著，就算是微不足道的小事也存在轉機，即使為此，有時需要經歷某種程度的痛苦與犧牲。

摯愛之歌，歌之舍廊

一九九二年一月五日晚上，我記得那天特別冷。七、八個在同家公司上班，互相打過照面卻從未講過話的人，聚集在公司前中華料理餐廳角落的包廂。究竟能把這些人聚在一起多久呢？發起這次聚會的我坐在那裡，內心一半期待、一半擔憂。「全國歌唱比賽」就是在這期待與擔憂參半之中誕生的……

當時，身為工會教育文化部長的我覺得身在其位應該做點什麼，加上有人提出建議，希望能經常組織一些小聚會，才有了第一次的唱歌聚會。

我用常見的手法，事先請來「尋歌人」表演製造（？）氣氛。為了充人數，連高齡的老母親也動員（？）來，坐在公開表演廳聽起「陌生的歌曲」。還好，臺下坐滿觀眾，活動辦得很成功。於是隔天，我得意洋洋的貼出招募會員的公告。那是我的失算，根本沒有人主動報名。面對如此繁忙的局面，誰有閒心來唱歌呢？

我打了將近一週的電話，透過各種關係，終於才在過完年後找來這些聚集在中華料理餐廳裡的人。情況都這樣了，年初的第一次聚會當然很難抱有期待。

沒想到與我擔心的不同，聚會進展得很順利。聚會名稱「摯愛之歌」是身為會員的報導局尹秉採取的，這個名稱不僅有摯愛歌曲的意思，還有喜歡唱歌的人們聚集在舍廊[39]的涵義。大家一致擁立大前輩、也是嗓門最大的編制局李容碩前輩（這是他的優點也是非常嚴重的缺點，因為他有時會用大嗓門唱錯歌詞）當聚會代表。大家都說無論如何，每週都要聚會一次。

在將近四年時間裡，「摯愛之歌」不負成立宗旨，舉辦了各種活動，特別在處境艱困的罷工期間，「摯愛之歌」比平時更加忙碌。

這些年來，我們的聚會沒有解散、也不必擔心未來會解散的原因是，我覺得在我們之間似乎萌生了如同親情般的感情。四年前，我們在公司前的中華料理餐廳搓著冰冷的手聚在一起，那時還不了解彼此，如今卻成為一家人。

除了前面提到的兩位，還有無論何時都用C調的笑聲迎合氣氛的李寶榮；臨產前從未缺席聚會、平時總像婆婆般一臉嚴肅的鄭聖厚；大眼睛、長相親切、看似柔弱卻特別堅強的金壽卿；平時不現身、有需要時一定會帶著樂器出現的邊昌立；看似任性卻有情有義的李毛玄；九一年一起入社，被稱為「三劍客」的李禎植、金容玄、李宣泰（三人個頭差不多，都不愛講話）；還有最後加入的老么，最近忙著寫電影評論的鄭恩恁。一一提到這些人有些拉長了篇幅，但每個人都是不可或缺的存在。

包括我在內的幾個上了年紀（？）的人，如今也能退下來成為榮譽會員了，但仔細想來，這威權思考模式是行不通的，因為我們都相處得太融洽了。

製作人、記者和主播的工作時間大多不相同，但我們還是會因為想見到彼此，一週至少聚會一次。

摯愛之歌最後不就成了摯愛彼此嗎？

39 「舍廊（사랑）」的韓文與「愛（사랑）」同音。

人心的軟體啊，正直的活吧

在工會執行部任職的三年裡，讓我覺得最痛苦難熬的並不是罷工和被捕。從一九九一年五月初開始，直到隔年一月底，工會持續了九個月的徹夜靜坐示威。這場示威在沒設下任何期限的黑暗中繼續著，這種看不見未來，只為了捍衛主張而付出的行動，本身就是痛苦。

這篇文章是在當時某月刊雜誌上發表的，正如文章最後預期的，我們克服了無力感，如今被解僱的同事也復職了。重新再看這篇文章，不禁期望當時勞資雙方「低效——或用具破壞性更為貼切——的矛盾關係」，不應該再重演了。

＊＊＊

「全力阻止媒體退回五共時期」

這是從一九九一年五月到十一月，掛在汝矣島ＭＢＣ大樓上的布條。

電視劇《大地[40]》被埋沒到地底，勞資協商光是針對「被解僱的工會主委是否具備協商資格」等問題就僵持不下，連禮貌性會面都宣告破局，我們看到因姜慶大遭毆打致死事件聚集在延世大學前的群眾，讓人聯想到四年前的初夏。

也就是在這時，我們掛出了那布條。

在那炙熱的五月和六月，我們的新聞媒體冒著冷汗，避開開闊的廣場，躲進了小巷。直到被那至高無上的演講洗禮後，才再次成為「光明正大的歷史審判者」。

創作了《大地》的金起八老師的離去，或許也凝結了那個時代之痛。

正如ＭＢＣ社長所言，媒體終於「逆轉乾坤」重拾了公正性。不，若用他恨透了的那些「工會的傢伙」的話說，是在承受所有壓力及見風使舵的制度及條件後，我們才終於阻止媒體退回五共時期。在這期間，那條寫著「全力阻止媒體退回五共時期」的布條早已在風雨中褪了色。站在汝矣島廣場對面的泰盈大樓望去，已經看不清布條上的字了，卻能從對面清楚看到那棟大樓掛著新頻道開播的宣傳布條……

40 《大地（땅）》為ＭＢＣ於一九九一年一月播出的電視劇，故事以經濟快速發展的六〇到八〇年代為背景。原計播出五十集，卻在同年四月中斷播出、製作人被替換，最後提前結束，遭質疑受到外界施壓。

接著在十一月的某一天，已經完成使命的布條被公司拿了下來。掛上了比那布條更大、ＭＢＣ歷時一年籌備的年度活動主題布條，比工會掛的布條足足大了兩倍。有人諷刺的說，它奪走了員工兩倍的日照權。

那布條這樣吶喊著：「正直的活吧！」

怎樣才算正直的活呢？

＊＊＊

ＭＢＣ一樓「民主空間」的角落，從早到晚甚至徹夜，都有工會執行部在那裡靜坐示威。新年過去了，我們原地不動、蜷縮著身子坐在那裡的樣子，成為公司的日常風景。某工會成員說，我們就像擺設的家具，如果原有的家具不見了，應該會覺得空蕩蕩的吧？正因如此，我們的示威才一直持續下去。

這場要求撤回解僱的示威從一九九一年五月一日開始，目的是要求恢復去年被解僱的工會主委和事務局長職務。不了解情況的外人難得來電視臺參觀時，看到喊著要求撤回解僱的口號、坐在靜坐現場的我，都會驚訝的問我何時被解僱了？在這早已失去歡笑聲的世界裡，還能擠出一絲苦笑也實屬萬幸。

沒有期限的靜坐示威進行兩個月後，我們也陷入極大苦惱。要支撐下去，卻看不到任何進展；要到此結束，又沒有理由不堅持。於是我們又撐了一個月，熱愛工會的成員們也撐了下來。在午餐時間的餐廳、晚上的居酒屋，都有人提出合情合理的意見，由於要靜坐示威，工會原本的工作無法運作，現在是時候結束了；但也有人說，就這樣退縮會生不如死。於是，夏天過去了，一直到冬天，我們仍舊蜷縮著身子，堅守在這裡。

我們之所以選擇第二條路，仔細想來也並非本意，而是那九個月來，逐漸累積的時間的重量，讓我們選擇了沒有退路的方向。

此時此刻，我們很清楚靜坐示威是無法停止了。雖然慚愧，但內心相信歷史會不斷重演的我們，若想從「六月民主抗爭旁觀者」的枷鎖掙脫，就必須堅持下去。

＊＊＊

「硬體支配軟體。」

這是做媒體的人經常用以自嘲的話。科幻電影想像出機器支配人類的模樣，給人脫離現實的錯覺，但在這裡可以理解為「引進了先進國家的器材，也能呈現出華麗豐富的畫面，現實卻是，內容做不到同等水準」。

媒體人何時才能抹去對於自己操作的硬體的自卑感呢？

目標族群為大學生、製作知識競賽節目的製作人，因大學生選出一九九一年十大新聞而擔心受罰。總是在不安中製作節目，那麼那一天是不會到來的。

目標族群為高中生的知識競賽節目，介紹了金芝河[41]與申庚林[42]詩人的詩，提出了有關民主的問題，製作人卻會遭受白眼的話，那麼那一天是不會到來的。

同樣的，主持該節目的主持人針對問題補充了批判性的說明，會被批評為是引誘學生成為「右翼運動份子」的話，那麼那一天也是不會到來的。

揭發鄭周永[43]主動提供的政治資金給了誰、其中有多少經濟部記者，卻被批評為毫無政治知覺的話，那一天也是不會到來的；收視率最高的電視劇講到濟州島四．三事件[44]和麗順事件[45]，就被要求停播一週的話，那一天也是不會到來的。

我們也可以這樣反問，那該怎麼做才會迎來那一天呢？我們需要去那樣做的勇氣。

再回到「民主空間」看看吧。

鋪在靜坐現場的塑膠墊，人們坐過的地方都有用手挑破、挖開的痕跡。是什麼讓我們如此不安呢？也許是無力感。但我們不用為那種無力感而羞愧，在這種時期，或許這些經歷都是必要的，而且也終究會克服那樣的無力感。

今年一月三日舉辦的ＭＢＣ新年會，上演了奇異的場景。公司不顧工會反對，放著其他場地不選，偏偏選在靜坐現場前大擺宴席。

來參加新年會的主管們有說有笑，互相送上祝福，一旁要求撤回解僱的工會則在沉默示威。也許我們的無力感就是在這種極其明顯的對比中克服的，在那種情景之下，公司掛出的布條也總是在提出相同的問題——

這樣，是正直的活著嗎？

（一九九二年一月）

41 韓國詩人與社會運動家，曾參與四一九學運，因發表詩作〈五賊〉批判朴正熙政府而入獄。

42 韓國詩人，詩集《農舞》描繪了農民的生活。

43 韓國現代集團創辦人。

44 自一九四八年四月三日，展開持續六年半的軍警鎮壓濟州島平民事件，是韓戰前朝鮮近代史上（含日本殖民時代）最血腥的事件，真相卻一直未明，至二〇〇〇年才展開調查。根據調查，此事件造成超過兩萬五千人死亡，占島民人口百分之十。

45 一九四八年十月十九日，在全羅南道麗水郡發生軍隊叛亂，叛軍控制麗水、順天等地，超過八千人被誣為叛亂同黨而遭殺害。事件發生後，西部地區居民被命令保持沉默，首次公開是在九〇年代民主化後。

一九九二年秋，一季熾熱的抉擇

站在木洞公寓十一樓的陽臺，可以看到高尺洞永登浦拘留所的天空。

長子出生後，陽臺就成為我的吸菸室，每天晚上我會到陽臺四、五次，打開窗戶抽菸。自被釋放後，到陽臺的次數和時間也增加了。每當這時，我都會望著伸手可及的高尺洞天空，想像著困在只要五分鐘距離，正與寒冷、孤獨對抗的同事。

我抽著菸，想起正在痛苦戒菸的同事，冒出了有些不搭軋的想法，穿著運動衫站在寒冷的陽臺發抖，這種自虐行為彷彿能稍微減輕我的罪惡感。

望著劃過高尺洞天空的飛機，享受著一個人的時光。雖然時間很短暫，但或許是因為氣氛不同尋常，所以在同事們被放出來後，在沒有妻子的妨礙下，這段時光依舊持續著。

仔細回想過去半年，我們幾乎體驗了人類可以感受到的所有感情，一定要舉例的話，例如愛、恨、鄙視和希望等，而且這些感情都十分強烈。

原本什麼都無法相信，但大家投身參與的九二年秋天的罷工，讓我們最先重拾了信任。提出勞資爭議後的八月二十二日第一次集會，大家擠滿一樓的「民主空間」。回想起過去的三年，好不容易才召集起一些人，我們心裡燃起難以用言語表達的複雜感受。雖然無法用震驚、傷感或喜悅來形容，但在當時的混亂之下，我們明顯可以感受到的一種感情，就是對彼此的信任。

過去三年裡，我們時而沉默以對，時而委屈求全，但大家心底一直都存在某種渴望。一段時間後，工會成員在集會上小心翼翼、但堅決的表達了那種渴望。門外殘夏的熱氣到日落時分才漸漸散去，但在聚集了工會成員的「民主空間」，卻正要展開另一個熾熱的季節。

若非要用「戰鬥」來形容這場集會，我們都認為不論結果如何，勝利會是屬於我們的。那天負責主持集會的民主放送實踐委員會幹事鄭燦亨，難得的在大家面前哽咽了。隔天一早出刊的工會抗爭特報，用帶有感情的文字解釋了他的心情。

「各位工會成員，謝謝大家。昨晚執行部流了一整夜的淚。」

我們的罷工就這樣開始了。從提出明確為公正報導制定規範，到要求被解僱的員工復職，取消單方面調薪等，每一項訴求都不容忽視。而促使我們得以順利罷工的，則是長期以來互相的信任，以及由信任產生的愛，成為罷工不止於「抗爭」層面的力量。帶領罷工的李完基代理主委，在某次罷工集會上這樣說道：「就像《美女與野獸》裡的場面，有勇氣的人可以施展魔法成全一對眷侶，在這炙熱的『冷卻時間』裡，我們終於相遇了。各位工會成員。今天，我們的選擇必須是愛的選擇。我們要讓所有的愛修成正果！

「所有的愛都是自由的，所有的愛都應該讓他人自由。我們要讓自己自由，再讓崔（彰鳳）社長和部分的高層主管自由，最後，要讓大家自由！」

但那些看不見的手也並不輸我們對彼此的信任與愛，他們企圖將罷工引導成膚淺的抗爭。公司透過每天的新聞和社內公告宣傳我們「非法罷工」，他們選定（？）的十五名主導者遭受被起訴、羈押的威脅。主播室的工會成員金昌玉，鄭惠汀和金銀珠等人，只因他們是新聞主播，就受到停職三個月的重罰。列在從重懲處名單的管理部長張昌植，若要說他有罪，在我們看來只不過是用力敲鼓罷了。當然，他受罰的最大原因應該是上級認為他平日對工會格外用心……包括被起訴的人在內，共有三十五人被列入懲處名單。

那時，某位工會成員在民主空間貼出的〈歌頌九月〉這樣寫道：

直到今天，我們走過了艱辛的旅程。

我們思考，苦惱，忍耐著……

我們各自有所領悟，

我們共同經歷著人與人之間的關愛和夥伴情誼。
有時，身旁的空位就像一個巨大的黑洞，
但當我們填補那個空位，我們就都站在了絢麗的生命大地上。

快樂時是慶典，
痛苦時則當作修道的小廟。
是誰將對話的真理變成了賭場上的爭吵，
對話與理解的匱乏，
是誰將純粹的熱情變成了憤怒。
我們彷彿經過一條充滿塵土和惡臭的長長隧道，
我們都很開心，
分開後再聚集，分開後又再次聚集，在這樣的秩序裡感受著宇宙。
深夜，大家又獨自坐在那裡，但我們已不孤單。

我們不認為所有事情都只出自公司的任意妄為，大家可以想像到那些看不見的手。最終，警察踐踏了民主空間，他們把大家抓走那天，工會成員都哭了。某報社新聞把我們流的淚寫成「憤怒的眼淚」，這樣說既平凡又極其貼切。

被公司趕出來後，不管是轉戰漢江岸邊和明洞聖堂的人，還是我們七個被當成犯人（？）的人，大家之所以沒有垮掉，正是因為流下的那些眼淚。埃里希・佛洛姆（Erich Fromm）曾一語道破，動物若是處在改變的環境下，要麼適應環境，要麼滅絕。從生物學角度來看，人類是最無力的存在，卻也因為這一點，人類才獲得能夠將環境改變成適合自己的智慧。

我們明明是第一次遇到這種情況，但大家都能輕鬆的克服。由於告知民眾我們正面臨的處境而被公司趕了出去，我們卻反過來利用工會被趕走的模樣對外進行宣傳，這或許就是「佛洛姆的人類」吧。

其實我們對於罷工沒有任何底氣，大家卻都對此次罷工結果非常樂觀。我們第一次罷工就成為樂觀主義者，這之後經歷的一切將我們牢牢栓在一起，這種力量讓我們「不計較結果」，得到了滿足。

仍舊處於解僱狀態的前主委安聖日正在場外罷工時，寄了一封信到拘留所：

「我對同志們炙熱的信賴和愛正在萌發。這次罷工取得全面成功，未來無論結果如何，我們都能懷抱這份感動活下去。我們是對的，這就是事實。真相既單純又美好，唯一需要的是堅守住它的勇氣。」

站在木洞公寓十一樓的陽臺上，望著如今大家早被釋放的高尺洞天空，我再次回想起一九九二年秋冬發生的所有事。在拘留所的院子裡運動時，我不停抬頭仰望飛機。如今，飛機依舊飛翔在那上空。隨著思考的擴展，不僅讓我想到了此時還被關在裡面的人們，於是我又重新想起前主委安聖日信中的那段話。

（一九九三年二月）

一九九二年十月二日

那天下午的集會上，氣象專家池允泰以平時播報天氣的語氣訴說自己因罷工受到懲處的心情，也是在同天，公司貼出第二批懲處人員名單。之後罷工又持續了一個月。我們開始產生疑慮，公司顯然完全沒有要解決問題的意思，甚至還把事態推向不可挽回的地步。事實上，這一個月來我們感到相當大的壓力，大家多少都因「看不到未來」而焦慮，加上那天傳出風聲，十五位被起訴人將進行第三次扣押。雖然有情報稱檢察官只是像前兩次那樣做做樣子（都是假消息），但那天下午，大家都比平時更緊張的聚在集會現場。

我為了預防可能發生什麼不好的事，把坐在連接民主空間和工會辦公室通道上的女生都移動到角落。就算第三次扣押只是做做樣子，他們也肯定不會像前兩次那樣輕易放過我們的。

負責主持那天集會的民主放送實踐委員會幹事鄭燦亨，把懲處名單中的池允泰叫上臺，他有些害羞，但仍語調輕鬆的訴說心聲。新聞主播室的金昌玉站在一旁、等著下一個發言，站在最後面的鄭惠汀顯得雙頰泛紅。公司的懲處毫無原則和標準，第二批懲處對象大多是負責新聞節目的工會成員。

池允泰叮囑大家「一起堅持下去」，他越講越多，現場的眾人感嘆著「真不愧是電視人」，一邊看起平時「多話單身漢」金昌玉的眼色。就在這時傳來消息，「今天第三次扣押的檢調人員比預想得多」。我們之中幾個人開始覺得那「不祥的預感」正在慢慢具體化。

我坐在集會現場一邊查看正門，一邊回想昨夜發生的事。

執行部從出入警察廳的記者那得到消息，「警方大概在凌晨三、四點左右會佈署警力，逮捕執行部的人」。我們立刻召開緊急會議，決定先避一避（後來得知是聲東擊西的假消息）。從檢方第一次試圖扣押開始，我們就在思考遭到起訴的執行部是該坐等逮捕，還是先躲起來。為了讓罷工能繼續進行，很多人認為執行部應該留一部分人在外面。為以防萬一，我們組建了預備執行部，但為了不打斷組織運作，「藏身論」方案仍無法被捨棄。也有人提出意見，如果大家全都被抓走，也可能成為團結工會成員的關鍵力量。

那天晚上，我們沒有告知彼此下落就解散了（公司人事部的報告把我們描寫成「深夜潛逃」）。我搭鄭聖厚的車離開公司，又換計程車去了位於光明市的朋友家。這是罷工以來，我第一次距離公司那麼遠。我懷疑自己是否還能返回公司，眼前不時浮現過去一個月裡，每天毫不動搖、參與罷工的成員及執行部同事的臉。我陷入完全不符自己此時處境的某種情緒，內心深處的某個角落同時也在阻止我整理過去一個月發生的事。

子夜過後的首爾街道依舊人來人往，而我正在抵抗自己的脆弱，未來不知還要持續多久的罷工看不到任何希望，只有過往抗爭的記憶鮮明。當我想到這一個月來積累的抗爭，最終能成為讓我們的未來更加透明的武器時，方才安下心來。計程車開過市界，穿梭在光明市的街道上。坐在車內，我醒悟到自己做了曾經以為這輩子都跟自己扯不上關係的「逃犯」。

就在我想到凌晨時分搞不好會發布通緝令，得稍微遮掩一下臉時，司機瞄了我一眼，笑著說：「罷工很辛苦吧，進展如何？」

也是，我這張臉能怎麼遮掩呢？而且朋友家也是公寓，除了正門也沒有其他門能出來。雖然朋友很樂意「窩藏罪犯」，但我還是決定天一亮就返回公司。如果以這種方式躲起來，就違背了我們最初「藏身論」的初衷。

第二天一早，我打電話到工會辦公室，李鍾燁總務部長以只有我大驚小怪的語氣說：「什麼事也沒有，回來吧。」開天節前一天，清晨的陽光格外明媚，我站在光明市某計程車招呼站，忽然想念起我的家人。

＊＊＊

池允泰的發言接近尾聲時，我們再次看向站在一旁的金昌玉，但已經沒有時間聽他發言了。

「來了！」有人喊道。工會成員的視線全轉向門外，血液瞬間倒流般的緊張感貫穿了民主空間。我看一眼時間，下午三點。

「哇，看來這是大規模作戰啊。」便衣警察多得完全無法與前兩次扣押相較，他們穿過正門，像黑壓壓的蟻群一樣衝過來。白天集會不可能佈署警力的預測被徹底推翻。

聚集在現場的四百多名工會成員開始一起朝大門衝去。眨眼間，大家已經用木板擋住正門，接著迅速分成兩組，一組擋在正門，另一組跑去阻擋從電梯通往民主空間的走道和側門。為了守住MBC一樓的民主空間，我們展開慘烈的抵抗。一樓的工會辦公室已經被從後門侵入的警察占領，守在辦公室的主委、事務局長等列入逮捕名單的同事都被捕了。包括我在內的六、七個逮捕對象都在集會現場，警察的首要目標自然鎖定在我們身上。

門外的便衣警察越來越多，在被工會成員阻擋住的通道和門口持續發生肢體衝突。從民主空間通往地下餐廳和會客室的門都被公司鎖起來了，我們成了甕中之鱉。無論我們如何反抗，最後都會被警察踐踏和逮捕，但沒有一個人後退。集會現場的三十多名女同事敲著鼓，為列成兩隊用木板擋在正門，阻擋警察的男同事助威：「工會團結一致，堅守爭對委。」

站在人群中的製作局李寶榮用洪亮的聲音帶頭喊口號，主播室鄭寶榮用盡全力敲著大鼓，還有金鉉卿、鄭惠汀、朴守玄、安惠蘭、李善永和黃善淑……大家都在哭，那天的景象，簡直難以忘懷。

擋在走廊和門口、激烈肢體碰撞的男同事都被汗水浸濕了衣衫，漸漸有支持不住的態勢，面對那麼多便衣警察，我們力量明顯不足。我在門口與大家一起阻擋警察，回頭看到眼裡滿是淚水的報導局洪恩珠，她一邊哭一邊推著我的背。男同事被粗暴的警察推得一步步往後退，女同事丟下手中的麥克風和鼓，也都衝到門口和側門。

大約半個小時後，兩邊的防線被衝破，便衣警察和工會成員在民主空間糾纏成一團。我們堅守了一個月的地方就這樣被那些陌生人凶狠的踐踏，湧上心頭的憤怒和無力感讓大家癱坐在地上。短暫的寂靜流動著，忽然，民主空間的角落傳出彷彿壓抑許久的歌聲。負責演奏的邊昌立唱起過去一個月我們從未聽過的歌，歌聲在我們頭頂，不，歌聲撞擊著我們的內心。「我們會勝利，我們會勝利……」眾人的淚水湧了出來。在主持集會的人都被逮捕的狀態下，接手主持的李容碩拿起麥克風，大家開始排排坐在地上——這裡的主人是我們！

便衣警察圍住我們，充血的雙眼搜尋著逮捕對象。我避開他們的視線，坐在角落的柱子後，思考自己接下來該採取什麼行動：是就這樣讓他們抓走，還是躲起來跟接任的執行部會合？當下的情況，我推斷最糟糕的情況是警力進駐公司，若是這樣，我根本無處可躲。

大家搭著肩、唱著歌，警察一一找出了逮捕對象：編制製作部的崔想一副主委，美術部的朴勝圭副主委，民實委幹事鄭燦亨，宣傳部的李採勳部長都被帶走了。每當警察抓走一個人，歌聲中就會傳出「堅守爭對委！」的口號，以及女同事的叫喊和哭聲。警察的行為真像在狩獵。殘忍的時間就這樣過去了，警察還是沒發現躲在柱子後的我，因為大家把我團團圍住，但我有預感再也不能和大家堅守下去，因為很多穿著制服的警察開始在正門安營扎寨，他們很快就會趕走我們，進駐電視臺。

又過了半小時，下午四點多，包圍我們的便衣警察突然撲了過來，看來他們是再也找不到其他逮捕對象，打算把我們全部帶走。我從柱子後站出來，跟大家一起從側門被趕了出去。意外的是，沒有警察來抓我。原本是兩名檢察官負責一個逮捕對象，看來負責我的檢察官早就走了。我一步步走向停在公司門口的防暴警車，目測公司周圍包圍了一千多名警察，對面的證券街也有警察集結。風吹了過來，輕拂在我汗濕的身體，非常涼爽。

一邊走著，我抬頭仰望許久未見的天空，秋日藍天萬里無雲，我想起兒時住在南山腳下時仰望的天空。也不知道為什麼會想起那時的天空。

那天置身於民主空間的所有人，此生都不會忘記，共同經歷過的一九九二年十月二日。

拘留所說明會

凌晨兩點多，我和六名同事抵達永登浦拘留所。當押送車輛經過剛好只能通過一輛車的拘留所大門時，我不著邊際的想起龍仁農村主題公園[46]裡的野生動物園。因為裝設鐵窗的巴士和雙重設計的大門，讓人更真切感受到這裡與外界的斷絕，才會產生那樣的聯想。若要說有什麼不同，那就是這裡進來後再也出不去了，或是不知道什麼時候可以出去。

比起別人長則數十年、短則數月的鐵窗歲月，我只被關了二十天就被放出來了，獲釋當時還有三個同事仍被關押。非要打個比方的話，我只不過是聽了一個說明會就被放出來了。先出獄者的羞愧，讓我找不到任何自我合理化的藉口。

＊＊＊

被逮捕當晚，我們在檢察室接受調查後，被關進南部地方檢察廳的拘留室。想到不久後將要強制戒菸，大家開始一根接一根的抽了起來（當然，拘留室並不允許吸菸）。
我們也在擔心要是沒被拘留就尷尬了，心想還不如被關呢。就這樣，大家都像等待合格通知似的期盼被拘留。但另一方面，「我們為什麼要被關起來」的憤怒也讓煙灰缸被填得滿滿的。
我們熱烈討論著那天的抗爭，聊到過去一個月各自的經歷，充滿感動。我們聊著工會成員彼此間的信任，用愛團結在一起的「民主空間」熾熱的氣氛，特別是那天用身體抵擋警察拳打腳踢的慘烈壯舉，眼前紛紛浮現被衝進來的便衣警察踐踏的民主空間，和大夥流下的眼淚，還有那時候坐在十樓的主管們的嘴臉。
從那之後的翌日，工會成員再度展開場外抗爭。誰都沒有料到，那會比至今為止的任何一場抗爭都讓人感動。

＊＊＊

連假開始的開天節凌晨，被拘留——應該說被合格錄取（？）的七個人，最後一次聚集在拘留所保安科的辦公室，我們向獄警一一道出住址和身分證號碼。前輩崔想一這才知道我

46　愛寶樂園的前身。

比他大一歲，他瞪大眼睛開玩笑說：「你這不是大哥嘛！」我們真的一點都不擔心，明明大家都是善良且軟弱的人，可眼下的情況反倒給予我們更大的勇氣。

凌晨四點多，我們各自被關進牢房。九棟下二十五房。我想關掉日光燈，卻找不到開關。我心想，二十四小時都亮著燈，那可以整日看書了，反倒成為一件幸運的事。接下來只剩下兩小時的睡眠時間，我卻怎麼也睡不著了。

據說法定節日的早餐會加菜，真幸運，我的監獄生活第一頓飯就加菜了，卻沒有胃口。就像剛入伍時那幾天都吃不下東西，看著老兵們每餐都吃得乾乾淨淨，不禁暗自感嘆「真厲害啊」。我在拘留所吃飯也經歷了這樣的過程，當然，四天後我吃得連碗都可以不用洗。

＊＊＊

第一次會面時，妻子哭了，但之後變得越來越堅強。雖然沒有刻意散播消息，但大家很快就都得知妻子將要臨盆。我們在會面室的戲劇性場面立刻傳到了外面。

每天會面時，聽到工會成員場外抗爭的消息，我都很激動。結束痛苦的會面，回到自己的單人牢房，我就坐立難安。監獄奪走了我的自由，但最讓我難受的是不能與那些在漢江邊、在興士團講堂發罷工特報，在明洞街頭募款的夥伴在一起。

但另一方面，我的失落感從獄友身上獲得很大的彌補。跟我一起關在九棟的所有獄友都支持ＭＢＣ工會罷工，他們還安慰被關進來的我。十三號房的成大哥、十七號房的金大哥和二十號房的金大哥都因我被關進來而相當惋惜。在我意外被提早釋放時，他們都當成自己的事一樣替我高興。

獄警也都站在支持工會這一邊，他們來上班時會告訴我們工會成員的消息，還鼓勵我們不要失去勇氣。有一天，在接受檢察調查的路上，我看到坐在押送車上的一位獄警正在向同事認真說明ＭＢＣ工會罷工的正當性。我是不會忘記那位獄警的。

＊＊＊

李完基主委、朴永春事務局長、鄭燦亨民實委幹事，以及不久前自首被拘捕、結束被通緝生活的沈在哲。只要這四個人還在監獄裡，對我們這些先放出來的人和ＭＢＣ工會成員而言，外面的世界也不過是一座巨大的牢籠。

即便我從那裡出來了，卻從未獲得自由。

（一九九二年十二月）

手銬遊戲

兒時孩童玩的遊戲中，總會出現警察遊戲，其中一人扮演犯人在前頭跑，另一人當警察在後面追，追上後還會假裝銬上手銬。有時如果找到長繩子，還會有模有樣的綁住「犯人」的手，用繩子拉著他走。每當這時，大人們就會訓斥我們，說那不是小孩子該玩的遊戲。

在孩子眼裡，手銬不僅是引人好奇的物品，也是正義使者審判不公的道具。但對於經歷了花花世界的大人而言，它則成為某種不祥的根源，在它周圍存在著長期以來累積的、弱者的被害意識。

入獄四天後，我首次被檢察官傳訊，在兒時玩過手銬遊戲的三十年後，我戴上了真正的手銬。獄警在幫我上銬前瞟了我一眼，略有遲疑。

這時，我開口問：「一定要戴嗎？」

「對不起，這是規定，我們也沒辦法。」片刻沉默後，獄警為我上了銬，還用赤黃色的捕繩綁住我的上半身。

是啊，若只因我會在電視上拋頭露面，就能大搖大擺、無視規章制度，這算什麼反特權呢？我被捆綁著走過拘留所的院子，準備去搭押送車，心中的憤怒、淒涼和混亂交織。我究竟為什麼會被綁起來呢？

押送車上，一個個囚犯被綁得跟黃花魚似的，大夥一團混亂的尋找座位，捕繩糾纏在一起。我看到一起被抓進來的同事，共犯是不能坐在一起的，於是大家分開落座，互相看著彼此被綁住的模樣笑了出來。那陌生的模樣，在四天沒見的時間裡顯得更加生疏。更劇烈的憤怒、悽慘和混亂，讓我感到頭暈腦脹。

抵達檢察拘留室，獄警為我們解開繩子，大家戴著手銬，坐在昏暗的拘留室裡等待檢察官傳訊。過了老半天，審訊結束後，回到拘留室等待押送車又浪費了大半天時間。那時，我想念的不是家，而是拘留所裡自己的單人牢房。

那一整天，手腕一直戴著手銬，沉重的鐵塊在皮膚上留下深深的痕跡，直到隔天還清晰可見。

傳訊次數多了後，也就習慣了手銬和綁繩。無論什麼處境都能適應，這就是人類的本能，我也同樣具備這種本能，很慶幸不必為此感到自卑。

但在我去接受拘留合法性再審的那大，我的習以為常卻在來旁聽的妻子面前顯得一無是處。

我不想讓即將臨盆的妻子看到自己這副模樣，對再審也不抱期待，所以很反對她來旁聽。但妻子還是來了，她坐在庭下看到我戴著手銬、被綁著的模樣，心疼得抹起眼淚；平時李採動宣傳部長開朗、堅毅的妻子，也用手絹摀住了臉。看到這景象，罷工期間擔任攝影師的教養製作局尹美賢，立刻成為幹練的攝影師，跑上跑下的為我們拍照；專長就是拍攝的攝影部金容玄自然也捕捉到許多鏡頭。

就這樣，隔天在首爾車站、明洞等市區各處都貼出了我的照片。那些照片成為工會動員民眾連署、募款的助力。我的照片旁還貼出妻子哭泣的照片，著實激發了人們的同情心。真不愧是重視收視率的電視臺同仁啊。

我很不喜歡自己被捆綁的那張照片，但工會成員和民眾看到我那個樣子，都送上了關心和慰問，於是我也很快就接受了這種情況。

我最後一次戴手銬是在宣判不起訴釋放的當天早上。那天，我去檢察廳領取釋放通知，因勞資間達成協議，公司撤銷了告訴，走進拘留室的我們終於稍稍放鬆心情，開起了玩笑。事務局長朴永春（自那天後又過了七十一天，他才被釋放）說，他摸索出了開手銬的妙方，手腕相對後，用力一拉就能打開，說完自己呵呵大笑起來。

「哪像你那麼麻煩啊？這對我來講根本只是手環嘛。」一手比他略小的我，得意洋洋的在他面前輕鬆把手從手銬裡抽了出來。

我們趁獄警不注意，像小孩子般樂此不疲的戴戴摘摘、玩了好幾回。至少在那個當下，捆綁住我們的，不過是三十年前兒時玩過的手銬遊戲罷了。

高尺洞的那些人

獄警K

他跟我同歲，因為瘦得剛剛好，身材看起來很精實。透過他臉上那副黑框眼鏡，可以看出他是個目光沉靜的人。聽說他很會打保齡球，但遺憾的是我從來沒見識過。

我第一次見到他是在關進拘留所的第一天早上。凌晨四點進來後，我只打了下瞌睡，兩眼放空坐著時，鐵門開了，我看到端著飯碗的他。

「孫博士，今天是國定假日（那天是開天節），早餐有加菜，就算沒啥胃口，也稍微吃一點吧。」

他一開口就叫我孫博士，其實這稱謂跟我一點也沾不上邊，應該只是他親切待人時常用的尊稱。我實在不適應牢房裡的氣味，只吃了一兩口飯，但他給我留下了溫馨的印象，這讓我對接下來至少還要持續數月的牢獄生活，稍微不感到那麼茫然不安。

我不是因為犯下不道德罪名進來的，加上又是公眾人物，所以拘留所並沒有怠慢我，反倒受到很多獄警照顧。例如，我會面時，負責會面室的獄警K會盡量給我充足的時間，令我銘感五內，讓我留下了特別的回憶。而且他不只對我特別關心，對他負責的其他囚犯也都照顧有加。

像我這種因勞資爭議處理法被關進單人牢房的人，幾乎都被貼上監視對象的標籤，按照慣例，獄警也不能跟我們多說什麼沒必要的話，獄警K卻彷彿毫不在乎這種限制。初次被關進單人牢房的人因為太沒有說話對象，總是恨不得抓住經過的人說些無關緊要的話。我也不例外，看不下書時，就靠在鐵門窗格、探頭探腦的看著外面。他大概是跟我說過最多話的獄警了。

關在單人牢房，獄警每天早上會塞進來兩瓶水，一瓶用來洗碗，一瓶用來盥洗。沒有什麼比在房間裡的廁所又洗碗又盥洗更讓人頭疼的了。獄警K看出我的不適應，每天都會送我去多人牢房囚犯使用的盥洗室。到走廊盡頭的盥洗室來回不過十幾公尺，卻成為我在裡面最大的幸福。

約莫過了一週後，他對我說：「孫博士，起初我真的很替你擔心，要是你不能適應這裡的生活，心裡得多苦啊。但現在看你有說有笑，適應得不錯，我也就放心了。」

每次他把我送進房間、鎖上鐵門時，都會流露出抱歉的表情。我想應該沒有多少人能夠理解，對於關在裡面的人而言，那扇鐵門鎖上時發出的聲音是多麼令人絕望。

有一天，我接受檢察官傳訊回來晚了，晚飯只能餓肚子，他跑到很遠的員工餐廳泡了碗杯麵拿過來。我獨自在深夜吃著那碗杯麵，感受到世上久違的人情味。那天杯麵的味道，日後再也沒有品嘗的機會了。

還有一次，吃過午餐後，他把懶洋洋（聽起來真夠舒服的）的我帶到四棟後面。囚犯們種植著各種圖案的菊花正盛開，有韓半島模樣，有尖頂帽子圖案等，大夥為了參展下了很大一番工夫。真沒想到我竟然在拘留所裡享受起晚秋的氣息，在外面時，我走在路上也從來沒注意過路邊開的是迎春花還是波斯菊。但到了這裡，竟然用身體感受起了季節，我很感謝他的用心。

我出獄那天剛好他休假，所以沒能跟他道別就離開了，他一直擔心我會在裡面過冬。那年冬天我在公司門口又見到了他，記得我在監獄時說了很多次，請他教我打保齡球。他笑著說，以後就在保齡球場見吧。

或許有人會說，他帶我去賞花的行為違反了拘留所的規定。但我想說，出獄那天，當獄警對我說「希望你帶著對這裡的好印象出去」時，我能毫不遲疑的回答：「那是當然了。」這完全是因為有獄警K在，才使我發自內心的這樣回答。

十七號房的K

他是殺人犯。

殺人犯，多麼可怕的詞啊。但自從我認識他後，在那個詞上更增添了「心痛」的感覺。

一九九一年秋天，他與不忠於家庭（什麼意思，還請自行解讀）的妻子發生爭執，最終犯下無可挽回的罪過。我曾經播報過這個案件，所以記得這個人。就這樣，我在高尺洞見到了他。

每週一次晒毯子的時間，囚犯會把各自房間裡的毯子帶到拘留所的院子，兩人一組面對面、拽著毯子抖灰塵，那聲音充滿了活力，氣氛顯得活潑，可以說是拘留所的郊遊會。K是我的第一個抖毯子的「夥伴」。

「這不是孫石熙嗎？」

「是的。」

「我是去年殺死老婆進來的那個傢伙。」

「啊，是……」

他毫不在乎一臉戒備的我，既平靜又瀟脫的說起自己的事，每句話都帶著嚴重的自嘲和深深的自責。聽他周圍的人說，當時他主張自己是過失致死，最終還是因殺人嫌疑遭到起訴，一審判了十五年，現在在等大法院上訴審判。了解他家裡情況的社區居民都為他提交了請願書，但看來是沒什麼用。

與他犯下的罪行完全不相符的是，他是個很孩子氣的人。我們住在同一棟、同一層，所以自那天起，我偶爾經過他的房間都會跟他打招呼，漸漸跟他走得近了。偶爾一起在執筆室（寫信的地方）寫信時，聊到彼此的過去，還會聊到超過規定時間。

長期關在單人牢房裡的人，最懷念的就是人情味，就算是微不足道的好意也會被感動。每次經過他的房間向他打招呼，他表現出的感謝都會教我覺得難為情。

他還為我擔心。「像孫大哥這樣的人不能待在這種地方……真不能待在這裡……」

總是笑嘻嘻的他有一次大發脾氣，因為獄警不允許他攜帶獨生子的照片，當時他簡直變成了另一個人。我能理解他的心情，那樣做是把他與唯一的希望和慰藉隔離。那時，他說自己「很想死」。

我出獄後過了一個月，跟獄警K見面時，聽說了他在妻子去世一周年的晚上徹夜痛哭。人的命運真是捉摸不透，他肯定也沒想到自己的人生會如此吧。今年初，我去看了他。良心犯至少還有自己堅持的信念支撐，但對於像他這樣命運丕變的人而言，旁人的一點點關心都是珍貴的。

他在再審中被判了十五年，現在關押在群山的監獄裡贖自己的罪。或許到了晚上，他還會靠著廁所窗戶，唱著我聽不懂的歌。

十三號房的S

因為不能與家屬見面，牢房裡又沒有任何一本書，第一天晚上我只好免費盯著牆看。他透過獄警給了我一本自己看過的書，那是李文烈的短篇小說集《黑暗的陰影》。小說背景是監獄，所以我很身歷其境的讀完了。我想起很久以前，剛入伍時讀的第一本小說就是李文烈的《塞下曲》（他的處女作，背景是軍隊），這讓我感到他的小說和我的處境總是存在著奇妙的連結。

當時我還不知道是誰給了我這本書，幾天後在盥洗室遇到S，才知道他就是那本書的主人。

「辛苦了，孫大哥。」說完，他就進了自己的房間。

我乘機窺探了內部，看到堆積的書和疊好的毯子，由此可推斷他進來有些時日了。加上房間中央擺放著他廢物利用做成的小書桌，可以看出他是很適應這裡生活的人。

「如果書看完了跟我說，我還有其他書。」他透過鎖上的鐵門窗格對我說。

「啊，那本書就是你給我的……」

就這樣，我們成了朋友。

他大我兩歲，是地方新報社的主管，因為公司出了事被關進來。他有緩刑提早釋放的機會，也一直主張自己無罪，一審期滿的六個月也只剩下十五天左右了。

正如我所觀察，他非常適應監獄生活（這樣講或許很失禮）。他不僅幫助我，也幫助其他人，會分享零食給缺少勞作金的獄友，幫助對寫字沒自信的暴力犯寫最後陳述。說得誇張點，他有如九棟的教父。即便如此，他也從不傲慢，或是做出給人添麻煩的事。例如，我早上起來只會把毯子堆成一團，或是就那麼放著不管，盥洗用品也隨便亂放。獄警看到這樣的我都會說：「孫大哥，真看不出你會這樣。」但他的房間很乾淨，甚至不像拘留所的單人牢房。

每天他都會用芝麻粒大小的字寫信，雖然妻子天天來看他，但他似乎都說不到百分之一的話就回來了，所以才天天寫信。要我忽然寫信給妻子，一時害羞的我根本想不出要寫什麼，他卻每件事都能做得很認真。

過了一段時間，我也適應了裡面的生活，就在我也想提供一些幫助給他時，他最後開庭的日子就快到了。他確信自己很快就會出獄，辯護律師也向他保證，這當然是件值得祝賀的事，但很依靠他的我，內心深處某個角落卻感到有些失落。我想跟他走得很近的人也都會有和我差不多的感受吧。

開庭前一天晚上，他在去盥洗室的路上來到我房間，送給我最後的禮物——厚厚的毯子和我一直很眼饞（？）的小桌。

「好好過冬，我們在外面見。」

他站在鐵門外，表情就像將退伍的老兵，我真心以為我們會在「外面」再見，但在這裡，沒有人能輕易預測未來。

第二天，到了晚上，我見到他站在鐵門外敲著我的房門，滿臉淒涼。

「孫大哥，我被蓋章，所以回來了。」

「被蓋章」就是指被判刑的意思，沒經歷過的人是無法理解他當時的心情的，他的家人又是什麼心情呢？他茫然若失了一陣子後，很快又打起精神。我卻想不出任何能安慰他的話，好不容易擠出一句，竟然是不知輕重的問他要不要再把禮物收回去。他笑著揮了揮手。是啊，這對他有什麼重要的！接下來一連兩天，他都沒有出現在盥洗室，忽然有一天看到他剪了很短的平頭，看來他是重新找回了過去的生活。

又過了幾天，我出乎意料的獲釋，出獄那天他真心祝福我。因為彼此的處境調換，面對他時，我感到有些過意不去。雖然只有短暫的二十一天，我們卻有一見如故的感覺，最後與他握手時，我們眼眶都濕了。也許是因為處在拘留所的特殊環境下才會這樣吧。

出獄前，我把他送我的小桌又還給他。因為兩個命運對調了的人，那張該死的小桌也無可奈何的被傳來傳去。

＊＊＊

後記

新年過完後，他終於在二審時判緩刑獲釋。我們工作都忙，不能經常見面，但偶爾會打電話，多半是他先打給我，所以總會聽他斥責我懶惰。

為了真正的「都大木」

木匠中具有聲望的人被稱作「大木」，大木中的首領則稱為「都大木」。建造大型寺廟時，都大木會與十幾名大木在組裝木頭前，先確認彼此的心意是否合得來，假若大木不與都大木一條心，是建不出好房子的。

身為人類，每個人都有自己固執的一面，若都按照自己的堅持去處理木材，恐怕連一根基柱都很難真正立起來。繪畫或書法等作品都會留下作者的姓名，但在寺廟或是建築上，卻很難看到都大木或大木們的名字。這表示他們為了創造出優秀的作品，清空了自己的心，生怕自己只追求名利，所以放棄了姓名。

進了電視臺，特別是參與過工會大小事之後，我一下成了公眾人物，到處都留過我的姓名。即使這並非我的本意，但若有人問我是否真的沒有一絲名利心，我也會很慚愧的無法完全否認。有時工會需要用我的名字，加上是在我能力所及的範圍內，也就只能這樣做了。但我也不能說自己只是單純交出姓名，沒有在期待任何免罪符。如果有人到處宣傳自己是「工會的人」，或是做出與名氣相反的行為，卻仍持續接收名利帶來的好處時，我會毫不留情的批評他。事實上，我無法否認自己是工會活動的最大受益者，我當然也遭受過部分人的指責和嘲笑，卻也從更多人那裡獲得支持與關心。為此，我總感到很難為情。

從這裡開始，我要提到的這些人就跟都大木和大木一樣，大家同心協力，不惜犧牲自己，各盡其職，卻從不肯留下姓名。雖未經大家允許，我把他們的名字寫在了這裡。

前輩李完基

身為新聞主播的我在進出新聞中心時，他在所屬的報導技術部負責操作新聞中心副控室的VTR[47]（新聞節目片頭和廣告多半錄在一吋盤式錄影帶裡，他的工作還包括錄製當天新聞）。幾年來，我們幾乎每天見面，卻從未講過一句話。他話少，我也是除了工作鮮少談論私事的人，平常總是面無表情的與人擦肩而過。有一次，公司的幾個人為了考駕照一起去上駕訓班，每次去學開車，他都如雕像般安坐在旁，我也不知哪冒出一股爭強好勝的勁，也不肯開口跟他講話。

對於他人的成見是很危險且毫無意義的。直到他參選工會的技術部副主委，以及當選後成為執行部一員後，我不得不丟掉那些對他的偏見。每次遇到關鍵時刻，他所展現出堅守原則的堅定立場，都讓我們覺得找到了能夠並肩作戰的戰友。

當時遭到解僱的安聖日主委的事務處理資格問題持續了一年多，最後工會決定轉換成代理職務體制。安主委指名李完基接手代理職務時，沒有人反對。這是理所當然的，就這樣，他又走上了另一條苦行之路。

開始代理職務後，面對眼前的協商調解，他首先做的就是學習勞動法。這的確很像他會做的事。隨後經歷了去年第三十八次令人厭煩的勞資協商，最終協商化為泡影。在提出勞資爭議後的第一場集會上，聚集的工會成員人數超出預期，大家以熱烈歡呼聲迎接他，這也代表大家對於背負起工會生死存亡命運的他的期待，以及對於他個人的信賴和感情。

十天後，展開了媒體史上最長的五十日罷工，磨練了李完基，讓他變得更加頑強。他的頑強給我們留下了深刻的印象，不管是在罷工現場，還是被抓進監獄，他都是我們罷工的核心和信念。

罷工結束後，他有很長一段時間未能回到我們身邊。他的部門同事都在辦公桌玻璃下面

47 VTR（Video Tape Recorder）為盤式錄影帶的錄放設備，根據帶寬區分不同規格，一吋盤式錄影帶影像品質良好、耐用度高，曾是早期電視臺主要使用的錄放設備。

壓著他開懷笑著的照片，等他回來。那群年過三十的男人，不放自己孩子的照片，而是放另一個大男人的照片，不知道關在牢房的他知不知道眾人的這份深情。

三個月後，過完年，一審公開審判，我們都悲觀的認為他得在裡面度過這一年才能出來。但大家仍不放棄一線希望，都期盼著那天晚上會判緩刑。

跟他一起站在被告席上的我，焦慮的聽法官陳述我們十個人的量刑，法官先說道：「被告人李完基判處一年有期徒刑。」然後慢吞吞的唸了剩下九個人的刑期，最後才宣布：「被告人李完基，緩刑兩年。」宣判不過短短兩分鐘，對我而言卻如此漫長。

那天晚上，與他一起獲判緩刑的沈在哲也被釋放。

如今他成為平凡的工會成員、公司職員，我很少有機會再見到他了，但對於身為都大木的他，我的信賴沒有任何改變。

去年秋天，罷工投票時，他對大家喊出了自己看待人生的真正含義——「為了選擇愛，我們必須跨越恐懼的決斷瞬間。只有讓愛開花結果，我們最終才能獲得自由」。

前事務局長朴永春

他跟我同年，我們是一起進公司的。如果說外在條件相似，思想的深度和行動方式也會大致相同，事實上並不然。他比包括我在內的任何人都要慎重，卻不是優柔寡斷的人。從前年開始要求被解僱員工復職的無期限靜坐示威，到去年工會陷入困境、必須決定是否罷工時，他都表現得十分果斷。尤其是從前年五月開始持續到翌年一月才結束的徹夜靜坐示威，他都展現了堅毅的一面，為執行部的大家做出榜樣。

他的這種姿態一直持續到去年的罷工，據說他所屬部門的工會成員都是受他影響，決定參加集會示威。但他並非不懂變通的人，相反的，正是因為他在人際相處上並不一板一眼，公司才認為他是「至少能溝通的人」。但據我們所知，他從來沒有做過違背原則的事。

罷工結束後，我從拘留所出來，一直被關在多人牢房的他，主動要求換到我住的單人牢房，他還跟去探望的同事抱怨我把房間弄得非常髒。但我知道，他是覺得住在同事待過的地方感覺很特別。

搬到單人牢房、想安靜看書的他，聽說在裡面得了十二指腸潰瘍，上廁所都會便出血。我平時也身患此病（可以說是同病相憐了），所以知道他有多痛苦。雖然工會向法院提交了拘留所指定的醫院診斷書，但這種程度的病，大韓民國的法院是不會輕易允許保釋的。公審時看到他面無血色的臉，法院才通過了很久以前申請的一般保釋，而非因病保釋。

去年十二月底、新年前一天，他和鄭燦亨被釋放，因拘留所提早把人放了出來，所以兩個人在沒人去接的情況下淒涼的離開了高尺洞。正在汝矣島某間餐廳吃午餐的家人和同事，原本打算吃完飯就去拘留所，沒想到他們竟然出現在眼前。那天把大家嚇得魂飛魄散的回憶，可以說是一九九二年最後留給我們的禮物了。

製作人鄭燦亨

去年八月底，過了三十代中半的他成了家。新娘是比他小約十歲、記者協會部的記者K，雖然周圍的人都向他投以羨慕嫉妒（？）的眼神，但他的新婚生活還沒展開，就迎來了不幸的暫時休止符。那是早在預料之中的不幸，只是到來的比預想得更早。

新婚旅行才去了三天，罷工就開始了。他著急的從濟州島趕回首爾本部，展開「分居」生活。他是工會民主放送實踐委員會幹事，因為與生俱來的幽默口才和隨機應變能力，在罷工期間還擔任了與職務不符的集會主持人。

他原本就是一個智庫，身為廣播節目製作人，平時負責的節目都因他的奇思妙想獲得極高收聽率。加入工會執行部後，他想出了不計其數的點子，就連一點枝微末節都能設想到。例如，應該在工會辦公室準備雨傘。他想出這個點子，是希望大家下班時如果需要雨傘，也能來趟工會辦公室，於是他逼著管理預算的總務部長購買了雨傘。

這麼看來，他也是個固執的人。對於放送委員會的問題，沒人比他看得更透徹。他花了很多時間不斷埋頭鑽研這些問題。在去年勞資協商過程中，便看到了成果，所以在公司眼中，他成了相當難對付的對象。

我們遭逮捕、偶爾在拘留所遇到時，他會給我幾粒維他命，那是他與關在一起的獄友下圍棋贏來的。我先放出來後，跟他一起開庭，穿著囚衣的他站在我身邊，臨走前給了我兩顆糖。

「一顆給你吃，另一顆給我老婆。」

也許又是他下圍棋贏來的，他就是這樣不改頑皮的性格。不過，他那特有的幽默感偶爾也讓同事很受不了。去探望他的同事問他需要什麼物品，下次來可以幫他送來。

他回答：「把我老婆送進來。」

他那所謂的新婚生活就只有在濟州島那短短四天，把罷工和拘留時間加在一起，他和妻子足足分開了四個月。這樣的他，在十二月底終於和朴永春一起被放回家了。

製作人李採勳

我有一個習慣，每次專注思考事情時，都會用手揪頭頂上的頭髮。妻子不喜歡我這樣，總會說我。每當這時，我就會拿李採勳舉例：「跟他比，我這可不算什麼。」妻子聽後便一笑之了。李採勳幾乎無時無刻都在揪頭髮，但他的頭髮仍密密麻麻的，幾個過了三十代中半額頭就禿了的同事都很羨慕他。

他那麼愛揪頭髮，是因為他有很多事要思考。畢業於哲學系的他凡事都很認真，無論是身為節目製作人做節目時，還是擔任宣傳部長製作工會報刊時，他總是認真思索。而且可以肯定的是，他越是沉浸於思考，成果就越優秀。讓我印象尤為深刻的是他在擔任紀錄片製作人時，製作的系列節目《和平雖然遙遠，卻是必經之路》中〈成長的陰影〉。雖然在這裡不能詳述節目內容，但我覺得他的作品在當時可說是少見的傑作。

他在工會也是如此，每次遇到危機，他都能針對對策、比其他人先提出問題和思考問題。前年工會陷入危機時，持續將近九個月的徹夜靜坐示威正是他的提議。這樣說他，或許會有人覺得他是一個怪點子多、老皺著眉頭的人，那可就誤會大了。跟他很不搭（？）的是，他是個彈古典吉他的大師！彈吉他的手藝堪稱一絕。每次在工會辦公室難得清閒的時候，看到他彈吉他，我們便會承認偏見是多沒有意義的事。

可惜與他一起關在拘留所的獄友似乎一直沒能丟掉對他的偏見。別人隔兩天打掃一次廁所，他卻一整個星期也不打掃。等他終於能展現真面目時，在拘禁合法性審查上，他不幸（？）獲得拘禁不合法的判決，被關了一週就和崔想一一起被釋放了。不管是外面還是裡面，大家完全沒有想到他們會獲釋，所以都很開心。他們卻陷入很尷尬的立場。我也是隔天早上才得知他們獲釋，心想還好被放出去的不是自己。

後來我看到他們獲釋時的照片，照片裡的李採勳還在揪著頭髮，他應該是覺得同事還都關在裡面，自己卻被放了出來，感到很痛苦吧。

製作人崔想一

他的外號叫崔老頭，嗓門大、講話又慢吞吞的，加上消瘦的身形，乍看都會聯想到硬朗的老人。如果曾關注去年警察入侵ＭＢＣ，應該可以在《韓民族日報》或在市區各地發放的工會報刊上，看到一個男人淒慘的被警察逮捕的照片，那照片中的主角就是他。

雖然他是比我先進公司的前輩，我卻是在一九八八年工會第一次罷工的集會上初次注意到他。當時他已是工會執行部成員，也是不知何時成立的農樂隊指揮。他認真教大家農樂的樣子令我印象深刻。離開執行部的他，沒過多久又回到工會的編制製作部擔任副主委。

我與他私下沒有深交，但得知他加入執行部時很開心。這也說明了他在周圍的人心中很具威望。與他接觸後發現，他不僅是一個原則論者，還是個懂得憤怒的人。比起冷靜分析，更需要憤怒時，他從來不會退居二線。我在他身上感受到「身而為人」的氣息。

說到節目，他是我們當中最少經歷苦惱與矛盾的人，因為覺得自己不適合做流行樂節目，所以很早就把目光轉向做採集口傳民謠。那個節目他已經埋頭做了數年，有段時間幾乎一整年都在全國各地跑，挖掘和採集漸漸消失的口傳民謠。他還把那時收集到的民謠製作成唱片。如果是從凌晨五點開始收聽ＭＢＣ電臺的人，便可以聽到他跑遍全國各地收集到的民謠。

前輩咸允洙

「罷工鼓勵班長」，這是去年秋天他獲得的職稱。原本鼓勵班的前身叫作糾察隊，但聽起來實在太過威權與兇惡，經過一番深思熟慮，改名為「鼓勵班」。名字取好後，想到的第一人選便是咸允洙。他的本業是棚內攝影師，誰見了他都會覺得他是個老實、善良的人。執行部的想法是「像他這樣的人去鼓勵大家參與集會，誰能拒絕呢？大家會覺得不好意思而來參加的」。就這樣，工會一般成員的他成了「鼓勵班長」，結果導致他也被抓進了監獄。

罷工期間，咸允洙選擇了很有他風格的方式召集大家參與集會，他手舉寫著鼓勵大家參與集會的小標語，面帶笑容的在電視臺走來走去。鼓勵大家參與集會是不允許有絲毫威權與強迫的，他打出的口號是「愛」。集會上，每次他向大家報告鼓勵班的活動進度時，臺下都會給予熱烈的歡呼。他與被大家稱為「師父」、每天下午在集會教大家氣功的教養製作局朴正瑾，都是罷工培養出來的「人物」。

我們被逮捕那天晚上，大家走在生平第一次進的拘留所裡，即便是被牽著走在昏暗的監獄走廊裡，他也沒有失去溫文儒雅的笑容。

他肯定是個很有能力的攝影師，其他人被放出來後，有很長一段時間都沒有工作。特別是我，過了相當長一段遊手好閒的日子。但他被放出來後，第二天便開始埋頭工作。

就這樣，他又回到了自己熱愛的工作崗位。

記者沈在哲

每次說到他，我們總會開玩笑：「按快門時明明沒有他，可等照片洗出來，一定能看到他。」

他就是這樣，不但動作敏捷，且凡事都認真參與。有時大家甚至很難去理解，為什麼他事事都那麼努力。

其實，他是一個「名人」。八〇年代春天首爾爆發的學運，不管是參與者或對此稍有了解的人，都知道沈在哲這三個字。那年春天，在首爾火車站前的示威集會上，身為首爾大學總學生會會長，他置身於歷史的洪流中；五年後，他成為ＭＢＣ的記者。

無論是當時或現在，所謂有過「前科」的人想進入體制內，都是件很困難的事（實際上，這種情況也成為改革目標）。我也不是很清楚他是如何「潛入」ＭＢＣ的，雖然有各種傳聞，但站在經營者的立場，可能正如像前面提到的照片——「招募時明明沒看到他，但發放錄取通知時他卻在其中了」。

總之，因為他有「前科」，每次的罷工，公司都以為他是主導或幕後人物，讓他因此飽受凌辱。他也的確是工會所需之人，他在執行部時總是積極參與討論，也影響了活動方向。但在他之上還有那麼多前輩，又是在龐大的工會組織下進行，說他主導或是幕後人物，未免太天方夜譚了。

不過他與生俱來的領導能力、認真的態度和信賴感，促使他主持了多次集會。因此，公司內外對他的看法幾乎都是「策略性」的。例如，在工會擔任組織部長的他，卻在二等兵尹錫洋[48]揭發的保安司磁碟裡被記錄成工會主委。由此可見，無論是當局或公司都對他存在極嚴重的偏見。藉由他，我看到了受扭曲邏輯支配的不健全社會。

他是工會不可缺少的一份子，對工會的感情也很特別。流傳至今的一件軼聞是，當年他打算結婚時，先把未婚妻介紹給了執行部。

我對這樣的他也曾欠過人情債。去年罷工，我又拜託他主持集會，結果他又被說成是背後指使者（哪有幕後人物負責主持集會的？），經歷了兩個月的牢獄之災。他被緩刑釋放那天，我鄭重地向他道歉，他卻毫不在意的讓這件事過去了。

在監獄裡他也施展著才氣，拘留所決定在廣播中播放囚犯點歌的第一天，他就點了〈在原野上〉，可以說是監獄裡首次（？）響起運動圈的流行歌。我出來後聽說，當時得了胃腸病躺在床上的朴永春，聽到那首歌時還流下了眼淚。

剛寫完關於沈在哲的這段文字後沒過多久，差點又要提筆重寫。我不知道祈禱了多少次，希望悲劇不要發生。

去年六月，自罷工以來一直被禁止上電視的他終於被解禁。解禁後，他首次負責的工作是《新聞WIDE》的記者。但就在他去上班的那天清晨遇到了車禍，二十出頭、血氣方剛的司機駕駛著大貨車，在凌晨時分越過奧林匹克大路的中央線撞向他。很不幸的是，他未能實現的願望在那天都化為烏有。

他失血過多，傷勢嚴重的程度很難在這裡一一描述，存活機率連百分之二十都沒有，大家都不敢太過樂觀。在那個陰暗的清晨，烏雲密布的天空眼看就要下雨。我看著救護車將他轉送往更大的醫院，想到他可能就這麼走了，我不僅哽咽。我們只能把一線希望寄託在他無意識緊握雙拳的意志力上。

那一整天，公司上下亂成一團，社內廣播號召著捐血人士，從局長到社員，能捐血的人擠滿巴士，隨即開往醫院。就這樣，在長達八個小時的大手術後，他勉強撿回了一條命。

至今他仍在醫院裡。

等他恢復健康後，希望他能記得那天氣喘吁吁跑去的同事，也希望他能重新找回暫時錯失的希望。

＊＊＊

48 一九九〇年，韓國陸軍保安司令部二等兵尹錫洋潛逃，揭露了保安司令部針對民間人士的鎖定調查。

我怎能只談到以上這些人呢？如果說是考慮到「版面」那就太可笑了。我純粹是為了自己的方便，所以只寫了被捕的幾位。事實上，比起被逮捕的人，要忍受好幾個月通緝犯生活的爭議協商部長崔重憶和李道允（他是詩人，罷工期間因為在工會報刊上發表詩作而遭通緝）等，還有很多我必須銘記於心的人。

還有更珍貴的，罷工期間同心協力、互相守護，守護我們的「愛」的工會成員們。就讓他們在我這羞愧的字裡行間，以匿名的方式成為具有真正意義的都大木吧。

蟋蟀之歌

一九九二年秋天的罷工結束後，從拘留所出來的我回到電視臺，幾天後，我在工會辦公桌的抽屜裡發現了一篇文章。

這篇標題為〈蟋蟀之歌〉的小故事，讓我越讀越覺得難為情，也變得肅然，於是決定把這篇故事作為珍貴的禮物，收藏起來。

遺憾的是，我怎麼樣都找不到作者的名字，我猜也許是前輩或後輩寄給我的，可能不是工會的人，只是在電視臺裡寫劇本的人……我毫無頭緒，但轉念一想，就算不知道是誰寫的也無所謂，只要懷著感謝的心，就會更具意義。

去年底，雜誌《話》刊登了我的採訪，我在採訪中提到這篇故事。就這樣，我意外接到了釜山MBC打來的電話。打來的工會成員告訴我，寫那篇文章的人就在釜山MBC。本人不想公開，他才打來告訴我。

原來寫這篇故事的是ＭＢＣ工會成員裴翊天，是我很熟悉的兒童文學家。

第二天我打給他，他用生硬的慶尚道方言說：「你來釜山時通知我，我們一起喝杯燒酒。」

我很感謝與他講話口氣有著天壤之別的那顆細膩的心，雖然很不好意思，但我還是鼓起勇氣，把他的文章摘錄於此：

蟋蟀之歌

——送給歸來的同事們

蜜蜂的朋友

一隻嗓音清脆的蟋蟀被關進了監獄，他是蟋蟀裡嗓音最清脆的。他的罪名是，聲音太過優美，這是草叢王國的蝗蟲大王下的命令。

蝗蟲大王的聲音沙啞且刺耳，聲音難聽到讓站在一旁的人都覺得自己的嗓子變粗啞了。蝗蟲大王用他那難聽的沙啞嗓子下達了各種命令。

「這片草叢裡最嫩、最好吃的草都是我的，你們別想靠近。」

「我是大王，你們必須對我言聽計從！」

最後他命令：「在我的王國裡，要把最會唱歌的人抓起來關進監獄！」

草叢中的昆蟲們竊竊私語，就因為他自己不會唱歌，所以找人出氣。嗓音粗糙沙啞的蝗蟲大王根本不會唱歌，有著優美嗓音的蟋蟀卻非常非常會唱歌。

蟋蟀長長的觸鬚垂下來就像大提琴，草叢王國的昆蟲們聽到他清脆優美的歌聲時，內心都會充滿溫馨。草叢王國的昆蟲們喜歡聽蟋蟀唱歌，只要他一出現，大家便會聞聲而來。

蟋蟀的嗓音優美，但他不只會唱歌。要說會唱歌，自古以來就沒人能比得過螽斯，但蟋蟀的歌聲與螽斯不同。

蟋蟀會把大家想說的話寫成歌唱出來。

他豎起長長的觸鬚，把發生在草叢王國的事寫成歌，唱出來。

「請把我的故事寫成歌。」

春米郎找到蟋蟀，訴說了春米坊發生的事，蟋蟀聽後，兩三下便創作出歡快的春米謠。

「世上怎麼會發生這種事？」

翅膀變黃了的鳴蝗向蟋蟀訴說遭到紅蟻群襲擊的事，蟋蟀聽後，毫不留情的創作、演唱了批判紅蟻群是惡毒盜竊集團的歌。

「就算是天空，也不能自由自在的飛翔。」

擁有美麗淡綠色翅膀的草蛉向蟋蟀傾訴被蜘蛛網困住後、好不容易逃生的故事，蟋蟀聽後，把蜘蛛陰險的一面寫進歌裡唱了出來。

蟋蟀之所以被關進監獄，正是因為他做了這些事。蝗蟲大王雖然可以忍受他的優美歌聲，卻看不慣他把大家的故事寫成歌唱出來。

「可惡的傢伙！竟敢在這裡肆意寫歌唱歌！」

蝗蟲大王派出充當護衛的蚱蜢，把蟋蟀關進監獄，那天大家都氣壞了。

蟋蟀被抓走的消息很快傳遍了草叢王國。

「歌可是不能隨便唱的。」螽斯領袖把手下叫來，警告大家。

「在這種情況下，不會唱歌也是福氣。」瓢蟲媽媽自豪的對瓢蟲寶寶們說。

有的螽斯和蚱蜢為了不發出聲音，乾脆把翅膀綁起來；有的昆蟲故意發出沙啞的聲音，不知不覺成為了流行。在草叢王國用粗糙沙啞的聲音唱的歌成了流行歌，大家隱藏起自己真實的聲音，模仿起蝗蟲大王的沙啞。

在蝗蟲大王面前，所有昆蟲荒謬的唱著歌。

「不然會被抓去關起來的。」

蝗蟲大王感到心滿意足，但他的這種心情也只是暫時的。

「沒有了蟋蟀的歌聲，世界好像變黑暗了。」

「沒想到蟋蟀是那麼好的朋友。」

「這一定是蝗蟲大王的陰謀，他想搞壞我們的耳朵。」

在只能聽到沙啞聲音的草叢王國裡，有想法的昆蟲們開始發聲。與此同時，蟋蟀村裡的大夥也嘰嘰喳喳發出了微弱的聲音。

「我們不能坐以待斃，必須把我們的歌唱下去。」

蟋蟀們聚集在一起。

「各位，此時在我們的王國裡有很多朋友渴望聽到我們的歌聲，他們在等待我們為大家歌唱。」

一個響亮的聲音撥開竊竊私語的聲音，說：「沒錯。我們必須再選出一個來為我們唱歌的人。」

「沒錯！」

「必須選出來！」

「現在就選！」

竊竊私語的聲音一起提高了音量。

「沒錯，必須選出來。我們一個一個選出來，就算唱我們的歌會被抓走，我們也要選出為草叢王國歌唱的人！」

聚集在一起的蟋蟀們發出讚嘆，大家閉上眼睛，嘹亮的歌聲響起——

我們一起來歌唱吧！
張開緊閉的嘴巴，
打開緊閉的耳朵，
高唱屬於我們的歌。
唧唧——唧唧——

不知不覺間，聚集在一起的蟋蟀四周圍滿了各種昆蟲，大家一起唱起歌來。

蟋蟀之歌，是為草叢王國而唱的歌。

保母詩人李幸子

去年九月罷工時期，她來到工會辦公室，剛好我去參加集會不在，於是沒有見到她，她在我的位置上放了一籃鮮花後便離開了。

那籃鮮花在亂成一團的辦公室角落，散發著截然不同、鮮明的寂靜。在忙亂運轉的當下，那淺色的靜物就好比雨後的湖面，帶來舒適、寧靜的感覺。

「啊哈，這就是詩人的力量吧。」

沒錯，她是一位詩人。大約一年前，我收到她寄來的詩集。那本名為《野花香氣般的人》，或許在高雅的文學評論家看來只能稱之為「粗俗」，但對於生長在這片土地上，經歷過時代痛楚的我們，卻無法用言語去評價那本充滿真誠的作品。

在素未謀面的情況下收到那本詩集後的一年裡，她曾打過幾次問候的電話給我，我們也見過幾次面。她在為民主化運動犧牲的遺屬協會擔當主委，協會舉辦文化活動時，她會到工會來賣一下團體票。雖然只是形式上的走訪，她卻能讓每次見面都變得不那麼形式化，因為她所表達的日常問候，完全沒有絲毫虛情假意。她不僅關心我正在做的事，還很關心我的健康和家人，讓我沒辦法去敷衍她。即使對我而言只是舉手之勞的小事，她也會賦予特別的意義，都讓我有些得意忘形了。像是我只是送她到公司正門，就讓我成為了少見的熱心人。

看到這樣的她，我明白了為什麼她會成為遺屬協會和民主化實踐家庭協會團體不可缺少的一員。她對人們滿懷情感，知道如何將那種感情如實表達出來，能與在時代陰影下的人們共進退，這或許就是她的命運吧。

據我所知，她在八〇年代過去一半、步入四十代中半時，才真正掌握了人生的方向。也是在那段期間，她創作了大量的詩。我並不好奇她為什麼會有這樣的轉變，生活在同個時代，還會有那種好奇，我未免也太過遲鈍了。在成為詩人之前，她的職業是「保母」（她自己這樣說）。雖然我猜她所謂的「保母」有著跟原意不同的涵義（大多數人都不會單純的相信詩人的用語），但我沒問過她。不管她做什麼，這在她的人生裡都不代表什麼。但我偶爾還是會產生一般人的好奇心，像她這樣忙碌奔波的「保母」，會有一個怎樣的家庭呢？

去年罷工，我們被拘留時，她寄來一封厚厚的信和一首送給我的詩。出於感激，雖然有些難為情，還是摘抄於此：

〈胸懷蔚藍大海的同志啊〉

同志啊！
胸懷蔚藍大海的
同志啊！

今年春天的某一天，
我居住的
公寓五樓樓頂，
枯萎了的金達萊花盆裡
長出了
一叢小草。
它胸懷大海，
長得特別高。

烈日下，

花兒紫色的身腰
挺得無比筆直。
橢圓的葉子
茂盛的開著，
它在狂風中
茁壯的成長。
小小的花朵
結出纍纍的果實……
如今它以穩重的姿態
與大母山較量著。

此時，
縱然，
你在發臭的拘留所，
咀嚼著冷掉的生飯，
與憤怒抗爭。

同志啊！
原野越是經歷風雨，
越能綻放出美麗的花朵。
這個秋天，
我們會團結在一起。

如今她已經五十二歲了，還是個老姑娘。這樣的年紀應該叫作「單身」，但我稱她為老姑娘，是因為她有日後準備結婚的對象。聽說準備跟她結婚的人還在那「高高的圍牆裡」。如果李幸子詩人邀請我參加她的婚禮，屆時我會提著花籃前往祝賀。

開在哪裡都是花

安聖日、金平浩前輩。

過去將近三年的時間，我們從沒把這兩人的名字分開過，他們都是被ＭＢＣ解僱的員工。

六共過了中半段，早前展開所謂的「公安政局[49]」愈見穩定。一九九〇年九月初，為了準備史上首次南北韓高級會議，北韓政務院總理一行人抵達了首爾。

九月四日晚上，ＭＢＣ的節目出了問題，兩人遭解僱的源頭——《ＰＤ手冊》原定在這天播出。電視臺難得把焦點放在農民問題上，那天的《ＰＤ手冊——不能再對農村置之不理》討論的是「烏拉圭回合[50]」，引起全國人民關注，加上幾天後就是全國農民大會，製作組也很用心的準備這集節目。

結果那天的《ＰＤ手冊》未能播出，但觀眾已經看到播出的預告……只有在發生重大播出事故（但各部門在製作和剪輯過程中都會把關，所以幾乎不會發生），或自然災害等狀況，才會不播原定節目，緊急播出其他節目取代。那天的《PD手冊》卻只出於當時社長一人的判斷，甚至是在節目播出前幾個小時喊停。

不允許播出的理由很簡短，卻令人費解。

「今天晚上住在飯店的北韓代表要是看到我們報導的農民問題怎麼辦？絕對會對明天召開的高級會議造成不良影響。」

我們瞠目結舌。直到今日，我們應當具備的統一觀念就只有這種程度嗎？就算不是非要用對立角度去思考，但這種隱瞞問題的邏輯也很難使人信服。播出報導農村問題的節目，我們在高級會議上就會受到影響的被害意識到底從何而來？我們為什麼不能堂堂正正的呢？

這就跟七〇年代初期南北互訪時，我們為了讓南山從遠處看起來像是茂盛的樹林，在岩石上刷綠色油漆；還有，那時政府說不收電費，要求家家戶戶徹夜燈火通明。我認為從這種

49 一九八九年，盧泰愚政府為了鞏固保守勢力，建立高壓政治體制而創造之名詞。後被引申為保守勢力煽動反共情緒，向進步派進行政治壓迫。

50 烏拉圭回合（Uruguay Round）是「關貿總協定」的國際協定，歷時七年半，討論領域包括金融、農業、服務、電信等。參與各方於一九九四年簽訂馬拉喀什協議，次年成立世界貿易組織。

令人哭笑不得的水準來看，我們的統一觀念一點也沒有進步。

當時擔任工會主委的安聖日記者和事務局長金平浩製作人，因抗議《ＰＤ手冊》停播而遭到解僱，理由是「擾亂公司秩序及損壞公司名譽」，雖然兩人遭解僱的時間前後差了二十多天，解僱理由卻相同。就這樣，兩人開始了長達兩年八個月、將近一千天的解僱生活。

雖說當事人還能心平氣和的接受，但對於留在公司的人而言，面對那種「心平氣和」本身就是種痛苦。當他們笑著說，如今不用來公司民防訓練，換成去參加社區的民防訓練時；沒了醫療保險，千萬不能生病時，那些玩笑話都像劍一樣刺痛著我們的心。雖然只是幾句玩笑，但身在充滿虛偽的電視臺裡的我們，總覺得虧欠了他們。可他們從未這麼想，每當工會停滯不前、陷入困境，他們的堅毅都能成為我們揮舞的旗幟。

這兩個人若有一個人倒下，我們全體都會被動搖。他們就像兩根支柱，所以安聖日和金平浩這兩個人的名字，是無論如何也不能分開的。

＊＊＊

性格木訥、很難捉摸的安聖日遭解僱後，也沒有表露一絲情緒，反倒擔心大家會從他的表情看出他正在經歷的「悲劇」，我們總是不善表達感性。不過，總是習慣晚睡的我們，在凌晨四、五點將睡之際，方才懂得了他被解僱期間會有多麼苦惱，而我們都明白，他在意的不是工作前途那種小市民的苦惱。

被解僱期間，他向保證會讓他復職的工會表示，不希望工會因為自己做出任何方向的改變，像是公司以讓他們復職為條件，使工會在其他試行方案上讓步，絕對不能有這種想法。他的「毫不動搖」有時也讓我們很為難，但正面來看，這也成為守護他自己和我們的武器。

金平浩製作人是個很勤奮的人。他放棄了被解僱者的特權（？），即便遇到被解僱的挫折，仍堅持完成所有事項，只要是他構想和著手的工作，都能在短時間內完成，做的事反倒比我們還多。

被解僱當晚，他哼唱了好幾遍〈花〉，歌詞開頭是「開在哪裡都是花」。那個悲痛、荒唐的夜晚，我們幾個人喝著酒、強抑怒火，他忽然唱起淒涼的歌，像在安撫自己的痛。現在想來，他唱的那句「開在哪裡都是花」表達了不管自己身在電視臺或外面，都必須堅強自己的意志。直到復職前，他一直都勤奮的工作，還拍攝了去年ＭＢＣ罷工的紀錄片。

去年六月，安聖日和金平浩終於回到各自的工作崗位。雖然不是以解僱無效復職，而是重新被錄用的形式恢復原職，但兩人的回歸對於工會和公司，都意味著黑暗時代的終結。回首過去那三年，工會成員背負的「解僱」暗影，並沒有輕易甩掉！

人能製造情況，也能改變情況。三年前在公告欄貼出「解僱安聖日、金平浩」的人，卻無法從容改變自己製造出來的狀況，最終經歷了五十日罷工的痛楚後，換了政府和領導階層，才終結了「解僱狀況」。

兩個人在復職歡迎會上，安聖日記者說了以下的話，安撫了所有為他們抗爭的人的心——

「我現在心裡很舒坦，因為以後我也不會改變，所以心裡很舒坦。」

第四章

布條下的希望

我們會去關注這個國家的政治是否只是換了張嘴臉，
我們必須守護自己，
守護實現民主社會的價值標準，
這與誰做了總統無關。

我們是無罪的

「光天化日之下開車衝向聚集了一千多人的廣場。」

像這種為了滿足觀眾尋求刺激的畫面，只有美國的三流導演才能做出來，可這種場面卻真實發生在我們身邊。於是大家都說，就連我們伸手緊握的一丁點幸福，也被這種暴力的瞬間奪走了，此時我們正生活在這樣的年代。緊接著大家又更大聲疾呼，這個社會病了，所有人都應該反省……

大邱夜店縱火事件發生時就是如此，還有許多更早以前發生的事也一樣。特別是媒體，近來不管發生什麼事，他們都在熱衷於向正常人灌輸「共犯」意識。但所有社會病的主犯和共犯究竟是誰？不用追溯太遠，只要看看一九九一年發生的狀況就能一目了然。

單看被解僱的工會成員，行政部門就跟翻書一樣輕易推翻了法院判決。這個社會的原則和權威何在？

政府呼籲不能過度消費，青瓦臺卻建造了耗資幾百億的新大樓；財閥們看中的地皮能隨心所欲的變更土地用途，建造豪華別墅。這個社會的規範何在？

政治教授不研究學術，坐上總理的位置，他開除的教師讓這個時代傷痕累累。究竟何為正義？

家境貧寒的孩子，無論如何努力累積實力，但位置早就被那些獻上幾億幾千萬的有錢人家的孩子占據。這個社會的平等又何在？

除此以外，要區分主犯和共犯的事還有很多，因為太多，不禁讓我感到茫然，為何這個社會要連健康的人也畫分出共犯意識呢？

我偶爾會搭計程車，都說計程車司機是百姓的發言人，幾年前發生的兩件事讓我至今難忘。

一個是司機說，如果北韓殺下來（權當是他冷戰性的思考邏輯），他要先教訓一下那些仗著有錢有勢、橫行霸道的人，再跟那些赤色分子搏鬥。對於生活在這片土地上的人們，比赤色心理陰影更痛惡的是階級的不平等。

另一件事是，司機說這個社會已死，讓勞動階層無法懷抱希望。他說得沒錯。社會發展的主體明明是我們這些勞工，我們卻看不到任何希望。

我從這兩件事和最近發生的縱火事件、車輛爆炸事件的原因裡，發現了一脈相通之處。

假若我們的社會不解決這種惡性結構，未來還會持續發生類似的事。

有錢有勢就可以解決一切問題，不管富人或窮人，它都散播著無人性和反人性的病毒。所以健康的人必須理直氣壯的批判這種扭曲的世界，拒絕強制植入的共犯意識，也正是出於這點。

（一九九一年十月）

那臺美製食物處理機

最近在廚房家電中出現一臺叫「食物處理機」的用具，那是一臺可以把食材切碎、磨泥或剁碎，非常便利的廚房用具——我為什麼突然提起廚房用具呢？

不久前，我們家也買了一臺食物處理機。老實說，我們買的不是國產貨，而是美國製造的。妻子說，國產食物處理機要十二萬，一旁美國製的只要五萬。妻子面對七萬元的價差，在寫著無法違背的「支持國產品」標語及錘鍊已久的愛國心之間擺盪。但標語終究無法戰勝現實，多方考量下，妻子還是買了那臺美製食物處理機，它現在就擺在模糊的民族主義者家中，炫耀著自己優秀的性能和低廉的價格。

再說一件事。一個月前，積極籌畫拯救國產小麥運動的人跑來找我幫忙，想藉助我在電視臺的微薄之力。

他說三千多年前，小麥就已經在朝鮮的土地上大量耕種，但貿易開放後，大量美國麵粉進口，於是本國小麥便失去立足之地。是啊，政府停止收購小麥也有十年之久了。我問他，那價格有競爭力嗎？他回答，我們的小麥價格會比美國小麥高出三、四倍。那不就等同於五萬的食物處理機與十一萬的食物處理機的價差比例嗎？雖說如此，我們還是要拯救國產小麥，在過程中也能促進價格競爭力。雖然看來很有邏輯，但能否跨越現實的障礙，還是個未知數。

現在來思考一下。

伴隨著開放進口，我們要到何時才能停止以愛國心為號召，阻止人民購買外國的廉價商品？我無法指責妻子買了價格只有國產一半的美製食物處理機。

這不能只是價格的問題，想號召消費者的愛國心，政府和企業至少應具備道德標準，國民才能夠信賴、珍惜國產品。如果是那些利用政經合一擴大勢力、只知埋頭賺錢的財閥，誰會像愛惜自身一樣，去愛惜那巨大且不可靠的身軀？再者，有哪個身為消費者的國民會去信賴站在財閥那邊、壓迫勞動階層的政府？

我在此只舉了小麥這個例子，不只小麥，我們的農產品還存在更多、更嚴重的問題。即便是有覺悟的消費者站出來，拯救那些在經濟成長下受到低穀價政策侵害的農民，如今也只能維持最基本的程度。農民受到的傷害深刻且沉重，加上稻米也開放進口後，大量美國稻米湧入國內，我們的稻米也走上了小麥走過的路。

我的結論是，要阻擋湧入的外國勢力在經濟上的掠奪，我們必須先實現經濟正義。悲慘的是，就在我寫這篇文章的今天，最大執政黨強行通過了給財閥更多優惠，卻要勒緊農民褲腰帶的秋穀購買案。

（一九九一年十一月）

正午的警報

六〇年代中期以前，住在首爾市的人肯定都聽過白天十二點、由公家機關發出的警報聲。雖然很吵，但那聲音還是很有用處的，對於窮苦年代買不起手錶的人而言，它有報時的效果，身在職場的上班族聽到警報聲也能知道午餐時間到了，所以我心裡總是期待它響起。

總之，正午的警報聲對於生活在混亂年代的人們而言，成為辛勞一天的標準，它就這樣留在我們的記憶裡。

但這所謂「過去都是美好的」之回憶，卻也可能是我們很容易犯下「盲目的寬宏大量」的錯誤。仔細想想，那個每天都會在正午響起的警報，是不是也散發著極權主義支配結構的氣味呢？如果用喬治·歐威爾（George Orwell）的想像力來看，時間概念被國家占有，並藉此當作武器，支配人們的社會。

而悲劇並未隨著正午的警報聲消失就結束。

超過六成五的人民相信「實現民主化」的一九九二年，這個社會的極權主義支配結構的氣味仍舊沒有消失——不，從某種層面來看，氣味變得更加刺鼻了。

「總額基準超過百分之五」成了這個時代無聲的警報，它沒有為勞動階層帶來任何幫助或快樂，也沒能成為勞動階層的任何標準和指引。

那警報發出的聲音是，政府把目標設定為物價水準控制在百分之十以內，可薪水卻被綁定在百分之五以內。無論報紙或電視，訪問的每一個勞動現場都能聽到這種警報聲。

所謂體感物價已經遠遠超過百分之十，交通費上漲、油價上漲，接著可想而知的是工廠出產的產品價格也會上漲。還有尚未提到的房價和全租金又會如何？政府一直說房價會降低，但對於身無分文的人而言，那根本毫無討論價值。相反的，真正該調整的全租租金卻在去年一年裡就上漲了百分之二十。最近政府稱全租金稍有調整，但這並不是與以前的簽約價格比較，而是與上月相比。

警報還是響起了，就像從前的全泰壹[51]時代一樣。

51　勞工與勞工運動家，一九七〇年，他二十二歲時，在漢城（今首爾）東大門市場自焚，抗議惡劣的工作環境以及僱主對勞工的壓迫。

「薪水漲了，物價也會漲！薪水漲了，出口就會停滯！因此若漲薪水，經濟就會垮！」

在這片只有勞動力的貧瘠土地上，響起以扭曲、腐敗的政經結構作為引領方向的警報。

在這片擁有一千萬勞工，和三千萬依靠他們存活的人的土地上……

（一九九二年七月）

內務整理的所思所想

當過兵的人都知道，軍營生活最基本的要務之一就是內務整理。軍服、內衣和軍鞋等都要整理得井井有條，這不是件簡單的差事，所以大家都會在衣服裡放一張厚紙板，疊出有稜有角的模樣，至少從正面看很整齊，但後面可就不是那麼一回事了，後面多半都是縐巴巴的隨便疊著。嫌麻煩的人會只拿一、兩套外衣和內衣輪著穿，其他衣服都塞著紙板，放在櫃子裡少則數月、多則數年，直到主人退伍也不會打開。

大韓民國的青年在部隊被如此強制要求，但也學會了敷衍了事、裝模作樣的混日子。他們會把那套低效率的軍隊文化帶到社會上，然後與以創意和生產為驕傲的資本主義社會，畸形的連結在一起。

不久前，我認識了一位在義大利生活兩年多後歸國的神學者，他提起義大利人蓋房子的事。他說自己剛到那邊時，家前面的空地上就開始了房屋基礎工程，但兩年過去、他要回國時，那棟房子還沒蓋好。真是個懶惰、只會靠祖業過活的民族。

雖然我這種偏見很合情理，但回頭看一下這裡的情況，感觸也頗多。

我們不僅是蓋小房子，就連建造大橋都擺脫不掉「敷衍了事」和「豆腐渣工程」的標籤。看吧，橋都塌了。去年，八堂大橋建到一半塌了，幾天前南海大橋也塌了。不到一天時間，新幸州大橋也被水葬了。雖然八堂大橋更換施工方法後準備重建，但考慮到坍塌的隱患，工程還是擱置了一年以上。簡直敷衍了事到極點。

坍塌的三座大橋的施工費用加在一起就超過了一千億，政府把我們用血汗錢繳的稅全部丟進水裡，再把明年的預算案提升到三兆元以上（這也是我們繳的稅），還哭喪著臉說新的事業經費不夠。我們除了要求政府加強管理設施以外，別無他法。

回顧過往，坍塌的又何止大橋？

軍隊文化所具有的屬性就如同每次政權交接都會敷衍了事的建立業績。每當此時，不都是在用我們繳的天文數字的稅金嗎？有時，不是還要我們獻上性命嗎？豆腐渣工程建造的京釜高速公路，光整修費用就遠超過最初的施工費用；漢江綜合開發也像部隊整理公物一樣，只用水泥包裝起好看的外表，結果水流量不足，死魚都漂在臭水面上；住在首爾市蓋的公寓，忽然有一天樓倒人亡。在這片土地上，軍隊文化留下來的奇聞異事簡直數不勝數，那歷史太過久遠，令人難以啟齒。

「我忽然聽到轟一聲巨響，先是看到塵土飛揚，跟著十個橋墩依次倒了下去。」（經過幸州大橋的路人目睹新幸州大橋坍塌的過程）。

我多希望那陣轟鳴聲，是過去十幾年來急於維持權力的人們，和他們散布在這片土地上的軍隊文化所打造出來的，巨大幻想的破滅聲。

（一九九二年八月）

布條下的希望

「一號候選人，民主自由黨金泳三」

秋雨不停下著，貞陵某處公車站上方掛著這樣的布條。

那些像是走了十公里路一樣疲憊不堪的人們，那麼多張彷彿六〇年代灰暗照片裡熟悉的臉孔，大家在一九九二年十二月的某一天[52]。依然揹著孩子、揹著書包、提著菜籃子，打著傘站在那裡。

就像我們沒有變化的表情一樣，那天，這片土地上的政治形態也沒有發生任何變化。站在公車站的人們都在想些什麼呢？飄揚在我們頭頂的那個名字，會給我們的生活帶來什麼變化嗎？

我們選出的那個名字成了這個國家的最高領導人。我們可以改變「我們的總統」，這是無法否認、無法改變的事實，與其說我們擁有了長久以來被具象化的希望，不如說是我們選擇走進了另一個政治空間。

習慣了呼喊陌生名字的我們，首次遇到能呼喊熟悉名字的陌生情況……這陌生的情況，證明了三十年來在這片土地上，終於展開了文人政治。

某位老政客退出政壇，某財閥必須戰戰兢兢的保住自己的地位，甚至某候選人發表的不承認大選結果宣言，都是起因於文人政治。既然如此，我們一直懷抱的那些希望，是不是也要與新的政治空間一起去改變它的形態和實踐方法呢？

大選結束後，某報紙社論寫道：「本屆大選最有意義的是，在中立政府的管理下，大幅減少政府機關介入，在沒有煽動亡國感等地域情感的氛圍下進行了選舉。用一句話來形容本屆大選代表之國民的意圖與希望，就是變化與改革。因此新上任的政府必須實踐承諾的政見，也應果斷接受其他候選人的合理政見，反映在國政運作上。」

＊＊＊

這是我從事電視工作以來，首次坐在電視外收看大選節目。和我一起看節目的同事頻頻

52 金泳三與盧泰愚、金鐘泌合併建立了民主自由黨後，金泳三當選韓國第十四任總統，成為韓國民主化後的首位文人總統。

受干擾，從節目內容、圖片、音響到分、秒，每件事都能拿來討論。大家蹲坐在一樓廁所旁的工會辦公室，忐忑不安的為我們的節目擔憂，但一切都是多慮。

我們的節目跟以往一樣堅持將最初的理念貫徹到底，證明自己：「到底哪裡不公正，哪裡偏袒？我們只是在報導事實。」

最後一天的開票節目，電視臺用最尖端的電腦系統作為武器，讓坐在電視外的我們徹底卸下防備心。沒有比最後一天的畫面更目眩神迷的了，僅僅一個數字的排列就能出現各種曲線圖，這讓那些認為報導不公正的人們意識到，僵化的視角是欠缺多樣性思考的，單一而愚昧。就這樣，在整個選舉期間，偏袒和不公正的挑釁都被最後華麗的煙火所掩蓋。

那天的新聞社論還寫道：「現在大選結束了，但大選結束不代表一切都結束了，應盡快讓因大選而興奮的人民恢復日常生活，做好自己的事。這才是成熟的民主國家人民應有的責任和態度。」

如今，過去的一切彷彿畫下休止符，剩下的只有日常。但仔細回想，這一切並沒有結束，即便回歸日常生活，我們也不會被埋沒。

那些站在貞陵某公車站揹著孩子、揹著書包、提著菜籃且疲憊不堪的人們，會持續關注自己的生活發生了什麼變化。人們會去關注這個國家的政治是否只是換了一張嘴臉，身軀仍陷在軍隊文化之中。又或者，真正的找回文人政治應有的框架和內涵。

我們要守護自己，也不會改變懷抱的希望。仔細想來，這與誰做了總統無關。真正民主社會的希望是以人民的共同價值為標準，不能與那價值相違背；符合實現民主社會的價值標準，也應該持續守護它。正因為擁有這樣的標準，才足以證明我們所堅信的並非愚昧，而是明智的選擇。

到那時，遮掩謊言的煙火便不能綻放了。

（一九九二年十二月）

這個時代的神話——不勞而獲

「行善之人是難以在惡者間求存的，因此，要鞏固地位的君主不會擅自行善，他們會根據情況，有條件的行善。」

今日，這片土地上的政客或許都在遵循上述馬基維利（Machiavelli）偏向自我的倫理規範。

上週的報紙以諷刺的方式公開了政客們的財產，看了令人憤怒且無奈，我彷彿看到在某種共同體制規範下，不受限制的社會超人。

人們異口同聲的說，雖然只是個案，但公開領導階層的財產，從未引起過如此大的道德爭議。下屆大選，清廉問題應該會成為最大關鍵，加上這個問題絕非一朝一夕造成，我們必須制定法律，才能具備長久的規範，我們的政治才能變得清廉，排除那些守護固有權力的勢力，讓混亂的政界來一次大改革，才能邁出進步的一步。

如果以上所有設想都正確，我們就沒必要憤怒與無奈了，只要那些設想都是對的。那麼，殘留在內心、難以言喻的煩悶又是為了什麼？也許是因為這次的財產公開風波，讓過去一直覺得抽象的社會、經濟矛盾，終於集中且具體的顯現，甚至連矛盾的歷史問題也赤裸裸的暴露無遺。

擁有十幾萬坪土地，然後蓋出七十五戶僅有十三、四坪、火柴盒般大小的房子出租，這種景象根本讓人笑不出來。雖然把豪宅放在八歲孩子的名下，對有錢人來說不過是個老套的童話。但對於那些辛苦了一輩子，別說一間房，就連安身之處都沒有的人而言，簡直就是難以置信的神話。在這種氛圍下，討論公告地價和標準地價根本毫無意義。除此以外，還有很多不想寫在這裡、散發腐敗惡臭的例子。

這個社會呈現出的經濟結構矛盾，把非勞動收入的道德標準變得正當化了，最簡單的方法就是投資房地產，只要有錢賺，那些人絕對不會視而不見。由此而來的不勞而獲，讓我們的政治、經濟和社會，各方面都骯髒的勾結在一起，更悲哀的是，最終讓那矛盾持續擴大的惡性循環，一直持續到今日。

但我們又何曾要求過那些人必須具備政治人物該有的品德呢？他們不過是像哲學家尼古拉·哈特曼（Nicolai Hartmann）說的，沉浸在「可以用一種欺騙行為去控制人類，把他們引向極限，赤裸展現道德的死亡」的權力歷史中。擁有不當權力的人和與他們來往密切的人，在我們扭曲的歷史中從來沒有被清除殆盡。他們總能無恥的為自己辯解：「我擁有的這些財產都是繼承來的，我沒有罪。」

新政府上任以來，此前一直被隱瞞或視而不見的那些以改革為名致富的醜陋嘴臉，終於逐漸顯露。這「顯而易見的祕密」墮落至今，如今終於能使我們「集體的絕望感」退去，受到譴責。

那些坐在政治、經濟最頂點，以不道德手段累積財富的人，曾擔任美國聯邦大法院法官的威廉．道格拉斯曾說過一句的話，可作為敲響的警鐘：「在高空持有炸彈的人，可以毫不見血、聽不到那些孩子傷心的哭聲，奪走上千人的性命。」

那些無法光明正大增加的黑錢，在其主人毫不知覺——不，是在他們根本不想知道的時候，讓這片土地上數以萬計的人們的生活遭到破壞。

金泳三總統說「五年內要改革」，若真能做到，他會成為史上最優秀的總統。但經過協商的制度改革必須要有一個終點。有人篤定的說，如果不這樣做，就算改革五年，也難以改變那扭曲的歷史。

（一九九三年五月）

九一一和一一九

星期六白天ＭＢＣ的節目中，有個節目叫作《緊急出動九一一》，講的是美國警察營救遇難人士的紀錄片。這個節目重現真實案例，不但呈現在危急情況下的營救過程，還凸顯了生命的尊嚴，令觀眾感嘆重現的危機畫面之餘，也對最後如同取得人類勝利似的「復活」結局熱血沸騰。而警察為了救一個人，不顧生命危險全力以赴的救援，也值得讚頌。

一邊是為了五美金而引發槍擊事件，另一邊則是為了救出陷入危機的一條人命派出直升機，還會運用各種尖端醫療設備搶救患者……美國或許就是這樣一個國家吧，這個節目很自豪的呈現出兩個面向的其中一面。

美國真是個可怕的國家，看這個節目時，我偶爾會感到震驚，有幾個國家能這樣對待自己的國民呢？為了本國利益，向其他國家的首都投放幾顆導彈也不算什麼；對鄰國不滿，就能在光天化日之下把人家的領導人關進監獄。這樣以政經優勢自詡為國際警察的國家，美國怎麼可能隨便對待自己的國民呢？在國家行政的末端，這種直接接觸人民的機關是否完善，能夠作為區分先進國家與落後國家的標準。《緊急出動九一一》或許是想要對自己的人民傳達「正因如此，大家可以自豪身為美國人」。身處韓國，看著這樣的節目，難免萌生苦澀的羨慕。

去年梅雨季時，水庫洩洪導致人員受困，最終只能眼睜睜看著他們被沖走。看到電視新聞的人，肯定和我的感受相同。

接到舉報電話後出動的一一九救援隊，雖說是救援隊，他們的裝備卻只有繩索和救生圈，直升機也是兩個小時後才抵達。最後受困的兩人在救援隊和觀看新聞的觀眾注目下被大水沖走。每週六下午帶給我們感動的「九一一救援隊」和我們的「一一九救援隊」就跟數字一樣，情況完全相反。

雖然這個節目只著重呈現成功案例，但當我們親眼目睹美國人如何使用尖端設備展開救援後，實在很難面對那天的景象。

隔天一早，某廣播節目主持人也難掩憤怒，他激昂的說：「花上千億、上兆去引進新一代的戰鬥機有什麼用？錢明明該用在這種地方啊！」

哎呀，他說得沒錯，如果拿出那些錢的百分之一、甚至千分之一，我們也就不會感到自卑了吧，難道不該用這些來提高人民的生活品質嗎？確信自己能獲得國家、社會的保護……

＊＊＊

令人感到遺憾的是，幾天前又發生六十多人罹難的空難。雖然很不想再用那個國家舉例，但如果是美國的飛機，他們肯定會決定回航。都說韓國飛行員是世界上最勇敢的？不，這背後代表的只有公司為了利益，用乘客性命做擔保的冒失而已。還有選址和設施水準都沒有達標，卻能核定建設機場的許可。

生活在這片土地上的我們是勇敢的，沒有人保護我們，所以我們只能自己變得勇敢。仔細想想，以我們的生命為擔保那些魯莽、虛與委蛇的案例，在社會上根本隨處可見，我們要到何時才能不用那麼勇敢呢？

希望一一九可以像九一一的期盼，也只是魯莽的期盼嗎？

（一九九三年七月）

必須抹去的紅字

為了進攻珍珠港，正在航行中的日本航空母艦飛行隊長集合了飛行員，讓大家看著美國航母的圖片說出航母的名字。他拿出的圖片正是不久後將要投下導彈的那幾艘航母。問答大致是這樣的形式。

「這是什麼？」

「奧克拉荷馬號！」

隊長又拿出幾張圖片給大家看，接著拿出最後一張航母圖片問：「那這是什麼？」

「企業號！」

「不是，你們這群笨蛋，這是你們現在搭乘的航空母艦！」

這應該是高中時大家一起看的電影《虎！虎！虎！（Tora!Tora!Tora!）》中的一個場景。

說到企業號，不僅在當時，之後有很長一段時間都是世界上最大的航空母艦。日本人竟然把那艘航空母艦和自己的航空母鑑搞混，他們是在暗示自己的技術和資本並沒有落後於美國。看電影時，我就在思考他們到底領先了我們多少，想到這，不禁感到很落寞。

還有一個例子。妻子的娘家有一臺日本製電風扇，據說是妻子出生前買的，足足用了快三十年，但一點故障也沒有。電風扇完全沒有噪音，安靜得都不知道有沒有開著。日本在更早以前就製造了飛機和航空母艦，區區一臺電風扇根本不算什麼，所以每次我看到那臺電風扇，也會感到心裡不是滋味。

但這種心情只是來自一些小事，單純源於對他們領先的產業水準的敬畏之心，那與我們至今仍未能克服、根深蒂固的自卑感相比，簡直太微不足道了。

這種自卑感來自我們從未算清楚的歷史，這不會隨著歲月流逝而消失，它只會累積得更厚更深。不清算歷史，要如何克服呢？要清算的客體反而變成主體，被扭曲的我們的歷史，這要我們如何糾正慘淡的現代史呢？

＊＊＊

往市政廳對面的廣場酒店後面走，可以看到大型停車場周圍聚集了幾棟破舊的建築。那些建築裡有兩家歷史很久遠的中華料理餐廳，其中一家的水餃很有名，客人始終絡繹不絕。

大兒子求用從三歲開始就喜歡吃那家的水餃，我們一家人也成了那家餐廳的常客。小兒子求民出生前，一家三口吃到飽也花不到一萬元。在那輝煌燦爛的年代，那種破舊房屋的氛圍讓我彷彿找回了童年，這也是我經常光顧的原因。後來總是抽不出時間，所以直到去年年初都沒能上門，沒想到等我們再去時，那家店的招牌還在，大門和窗戶卻都被釘上╳型的木板，準備拆毀。

日治時期，與鐘路的朝鮮人商圈和小公洞附近的中國人商圈競爭的日本人，在明洞開發了稱為「本町通」的地方。現在那附近新建了很多大樓，沒想到代代相傳的水餃店這次還是無奈的搬走了。

也是，我們國家連歷史悠久的建築都管不好，誰會去在意那間中華料理餐廳呢？仔細想想，在這首爾中心地帶，我們為了現代的便利毀掉多少歷史。為了擴建馬路、蓋新大樓，有時甚至是為了遺忘，又斷絕掉多少歷史。僅僅是與中華料理餐廳的斷絕，就夠令人遺憾了。

我獨自想著這些沒必要跟五歲兒子說明的事，繞過豪華的廣場酒店往回走時，那棟不知廉恥的建築又進入了我的眼簾，一股情緒瞬間翻湧。如果是這樣，那市政廳的建築又算什麼？還有遠處的國立中央博物館、中央廳和總督府又算什麼？抗日犧牲者的足跡都被抹去，可對象徵著日本的建築卻愛之重之。為什麼不拆毀那些建築呢？

眾所周知，國立中央博物館是一個「日」字型建築，日本的「日」。橫擋在我們國家皇宮前的總督府，大概再過一千年也能堅固的矗立。三共的朴政權壓根就沒想過拆毀，只在它前面重建了光化門。五共時，有人提出拆毀那棟建築，還有人提議用拆下的牆磚去鋪光化門的十字路口。這種想出口氣（？）的建議卻被現實打碎，因為拆毀費用過高，最後不了了之。反倒是把那棟建築當成歷史教訓保留的對立理論得以成立，最終成為國立中央博物館[53]。

應該拆毀的殖民地總督府變成國立中央博物館，在如此大反轉的過程中，有人利用歷史的諷刺性，於是在景福宮的那個日帝象徵物，像怪物一樣橫擋在這個國家的首都。某位有覺悟的日本社會學者還說「這真是全世界少有的畸形宮廷」。

曾是京城府、現在是市政廳的建築又是如何呢？令人驚訝的是，它是「本」字型建築，日本的「本」。我在報導局做市政廳線記者時，曾仔細看過幾次那建築的模樣。因行政規模擴張，空間不夠用，於是在原有基礎上擴建了一、二棟樓，最後才變成「ㄷ」字型。如果除去擴建的部分，無庸置疑就是「本」字。親眼證實傳聞的我，怎會不為此感到失望呢？

緊接著，失望便轉為憤怒。殖民時期都快結束半個世紀了，為什麼我們還那麼無動於

53 朝鮮總督府為日帝強占期在今首爾景福宮內設立的最高政府機構，就位於當時漢城的主要南北向大街主軸線上。八〇年代改為國立中央博物館，九〇年代起，社會對於是否拆除建築展開論戰。一九九五年，時任總統金泳三正式以「清除日本統治時期象徵」為由拆除。

衷？沒有預算、無法拆毀重建，這種強詞奪理要說到何年何月？之前收的政治資金只要拿出幾分之一就夠了。不然就把給日海基金會[54]的錢拿來當經費。再不行的話，就把連孩子都參與的和平水壩七百億捐款拿來用。有了這些錢，不就可以拆毀國立中央博物館，也可以重建市政廳了嗎？

在美國搞了一下獨立運動回來的人就成了英雄，當起半個國家的總統，他底下那些親日派毒瘤也跟著復活了。這些人在這個國家掌握權力、作威作福活到今天。這個國家甚至還能允許曾在日本軍隊當兵的人當總統，還讓親日派的人擔任評審委員，把那些跟自己一樣的親日派選為獨立運動有功者。

除此以外，還有更多讓人氣憤到肝膽俱裂的例子。因此，「日本」這恥辱的兩個字就像印在這個國家首都心臟地帶的「紅字」，讓那些還生活在這片土地上的日本人，因自己印下的巨大「圖章」而沉浸在殖民時期的幻想中，我們卻什麼也不說。

我們必須拆毀那些象徵物，只有拆毀它們，才能在歷史裡留下新的象徵，破壞的責任就在於此。

我一股火冒上來，話越講越多。妻子點著頭，根本沒有理睬我從中華料理餐廳一路講到總統府。兒子也不知道聽不聽得懂，他看起來早已將中華料理餐廳拋到腦後了。

＊＊＊

去年八月，政府說會拆毀總督府，還有青瓦臺內部遺留下來的總督官舍。早在四月，總統就已經下達了拆毀總督府的命令，但幾天後又被撤回。所以這次公布消息，意外之餘也很高興。雖然至今還是有人說要把那棟建築留下來作為歷史的反面教材，但在這從未清算乾淨的「親日」歷史裡，除了它還有更多數不完的反面教材，這些人何必如此執著於那棟建築？藉此機會，也應該一起拆毀原為京城府的市政廳。唯有這樣，才能抹去那塊留在我們心上的殖民烙印。

回首過去，將近五十年的歲月是如此漫長。

54 「日海」為南韓前總統全斗煥的號，以其號為名成立的日海基金會，因收受財團提供的高額資金，引發全斗煥意圖於卸任後繼續發揮政治影響力的質疑。

今時今日的「燈明寺」

這裡先引用一段既是詩人也是童話作家的李賢珠老師，在最近出版的《燈明寺洗米水》中的一段文字：

江原道江陵以南四十多里的地方，有個叫正東津的村子。那裡有一座現已消失了的寺廟——燈明寺（事實上，現在那裡有一座同名的寺廟，但與之前的燈明寺無關，是後來建造的）。

朝鮮時期，某一代的王染上了嚴重的眼疾，於是找來日官看八字算命。日官說：「從王宮往正東的方向看，有一座大寺廟。寺廟的洗米水大量流入海裡，害東海龍王患了眼病。為了讓陛下知曉，所以陛下才會染上同樣的病。」

從王宮往正東方向一路找，果真找到一座名為燈明寺的寺院。寺院很大，裡面住著一百多人，從早到晚洗米煮飯，所以洗米水才會汙染大海。那座寺廟很快就變成廢寺，王的眼疾自然也就好了。

寺廟裡的人比起修道，更忙於洗米煮飯，連海水都汙染了。作者這是為了喚起讀者對於環境汙染的警惕心，所以用了上面的故事舉例。但如果放大來看，可以看到現今分散在各地的「燈明寺」。

其中首要的就是財閥。雖然成功企業和企業家個人對社會的貢獻不容忽視，但如果稍稍了解這個國家的財閥史，便不會對他們的壯大過程和已形成的現象讚賞有加了。盲目的企業擴張、為自身利益的信用互保、炒房及政經合一，這些聽過無數遍的問題不斷上演。他們就這樣擴大勢力、濫用權力，這是在尚未成熟的資本主義體制下產生的畸形現象，他們侵蝕中小企業的根基，讓自身像海市蜃樓一樣屹立不搖，這些財閥就是過於膨脹的「燈明寺」吧。

隨著近年來政治情勢改變，幾家大企業開始迅速分裂，但能夠減少多少汙染大海（結構上的健康經濟）的洗米水，仍是個未知數。不必要的壯大只會帶來負擔和停滯，由此產生腐敗，權力不就是如此嗎？

住在裝中央空調公寓的人們，對使用空調沒有任何自主和選擇權。即使天氣不冷，只要中央管理室開暖氣，整個屋子都會變熱。天冷時如果不開，大家也只能凍得直發抖。就算主人好幾天不在家，中央空調也照常運作，到了月底仍要繳平均分攤的管理費。

權力集中在中央政府，若用公寓打比方，就像中央管理室。沒有比這樣進行管理更便利的方法了，但越往下的小單位就越沒有自主權。況且，這樣把持一切的絕對權力是會走向腐敗的，因此才會有人提出應該限縮政府權力，實施地方自治。從行政構造的小單位去牽制組成成員，由此掌握自主權，整個社會才能健康起來。

聲稱要與軍政時期互相勾結的金錢權力斷絕關係的文人政府，沒有理由拒絕實施地方自治。沒必要只在「燈明寺」一個地方洗米煮飯，翻過山脊，不是還有很多小寺廟嗎？

另一座燈明寺就非媒體莫屬了。中央的幾家新聞社勢力大到已經被稱為「媒體財閥」了。特別是八〇年代媒體整合後，這個詞不僅是在諷刺那些在政府庇護下成長的中央媒體，還有站在政府背後茁壯的支配者，讓人們產生不安。

曾任職公報處長官的人在任時，不是也聲稱媒體屬於「統治機構」嗎？一九八七年六月抗爭，警察對去採訪戰警過度鎮壓的新聞記者說：「幹嘛這樣，都是吃一鍋飯的人。」這發言簡直再恰當不過了。勢力強大的媒體沒有擋在人民面前，而是以主宰者的架勢爬到人民頭上。

加上近來展開收視率和銷售戰爭，互相爭得你死我活，都說看人打架最有意思，所以電視才變得有意思了，報紙也更有趣了。但事實上，觀眾和讀者反倒成了最大的受害者。這麼龐大的燈明寺洗米水該如何縮減呢？觀眾是王，讀者也是王，怎麼可以在王的頭上動手腳呢？

我再多說一件事。我原先只看到了光天化日之下的「燈明寺」，直到最近才知道，在那伸手不見五指的地方也存在著很多座「燈明寺」。孩子愛去的雜貨店被戲稱為「吃角子老虎機」，要是與那相比，真正的賭場就是百貨公司了吧！也有人比喻前者是啤酒屋，後者就是大酒店。針對賭場的調查到底進行得如何，就連播報新聞的我都搞不清楚，只淪為炒新聞般的喧鬧。

仔細看看那些新聞，地下的「燈明寺」和地上的「燈明寺」難道不是在互相扶持？這是必然的，甚至還有報導指出，擁有那家賭場股份的某財閥拿下了未來二十年、而且還是青少年節目的獨家廣告權。一想到那些錢的一部分用來付廣告費，真是令人直打寒顫。媒體又如何呢？其中一些猶如利劍的報導終歸是逃脫不了劍靶，政治圈就更不用說了，這該如何是好啊？

真的沒有辦法把今時今日逐漸壯大的「燈明寺」縮小了嗎？

塞內卡的後裔——橘子族[55]

「享樂常常躲在角落，徘徊在不歡迎執法巡查隊的蒸氣房和浴室裡。精神渙散，迷戀紅酒和香水，蒼白的臉上化了妝，就跟吸了毒的廢人沒什麼兩樣。」這是塞內卡的話。他似乎是個表裡不一的人。後來尼采諷刺他：「塞內卡與他的追隨者簡直一派胡言，就像先寫出文字，再強加上哲學的重要性。」

塞內卡身為懂得克制的幸福論者，把主張的內容體現在講話和寫字上。事實上，他享盡了榮華富貴。當時因為不斷受到關於雙重性的批評，塞內卡寫了一封滿是辯解的信寄給自己的哥哥。他在「關於幸福生活」的信中提到上述內容，反而受到享樂者的批評。「哲學家不應講自己怎麼生活，而是應該去教世人怎麼生活。」塞內卡因為這句話，被當時和後來的人罵得更兇了。

我不是要討論關於人類的兩面性或雙重性，沒接觸過哲學的我，不可能有深厚的合理